静思录

张正乾 著

陕西新华出版
太白文艺出版社

图书在版编目（CIP）数据

静思录 / 张正乾著 . -- 西安 : 太白文艺出版社，
2025. 1. -- ISBN 978-7-5513-2935-4

Ⅰ . I217.2

中国国家版本馆 CIP 数据核字第 202567JA27 号

静思录

JING SI LU

作　　者	张正乾
责任编辑	耿　瑞
封面设计	百悦兰堂 [BAIYUE LANTANG]
出版发行	太白文艺出版社
经　　销	新华书店
印　　刷	河北朗祥印刷有限公司
开　　本	787mm×1092mm　1/16
字　　数	120 千字
印　　张	14.75
插　　页	32
版　　次	2025 年 1 月第 1 版
印　　次	2025 年 1 月第 1 次印刷
书　　号	ISBN 978-7-5513-2935-4
定　　价	78.00 元

★ 作者简介 ★

张正乾，男，汉族，1958年12月26日生，陕西扶风人，1976年12月25日入伍。曾任西安军分区政治部副主任、1999年5月任新疆伊犁军分区副政治委员，大校军衔，2014年12月退休。荣立三等功三次。新疆维吾尔自治区摄影家协会会员，国际PPA职业摄影师协会中国分会会员，陕西省诗词学会会员。

在部队工作38年，先后在新华社《国内动态清样》《人民日报》《解放军报》《中国青年报》《中国体育报》《中国纪检监察报》《国防大学学报》《政工导刊》等报刊发表论文50余篇，多篇获奖。出版《光影拾零》摄影作品集。有多首诗作发表于新华社、《陕西诗词》《陕西农村报》《文化艺术报》《伊犁河》《金秋》《西北建设》等媒体和报刊。2023年7月7日《城市经济导报》副刊专版发表诗作80余首。近200首诗入编沈阳出版社《中国当代文学作品精选》（诗歌卷）、《当代散文诗歌精品选》、哈尔滨出版社《当代十八人诗歌选》、光明日报出版社《精选诗词集》、中国华侨出版社《墨染书香》和四川民族出版社《稻穗飘香》等书。

村头童趣（获国际优秀奖）　摄于昭苏县

长安塔　摄于西安市

鬼斧神工（获新疆优秀奖）　摄于乌鲁木齐市

春光水暖鸭先知　摄于伊宁市

冰荷　摄于昭苏县

大地乐章　摄于喀拉峻大草原

音符（获伊犁州二等奖）　摄于特克斯县

祥云　摄于伊犁河谷

牧归（获全国大奖） 摄于昭苏县

路的遐想 摄于伊犁三道河子

蓝色妖姬（获全国大奖）　摄于昭苏县

娇颜　摄于昭苏县

守护 摄于霍城县

波澜不惊（获伊犁州银奖） 摄于伊宁市

蝶恋花（获伊犁州优秀奖）　摄于昭苏县

抱子争春　摄于眉县荷花园

经络　摄于西安市

硕果　摄于霍尔果斯市

神来之笔　摄于天山

盼风　摄于青海湖畔

流金　摄于昭苏县

独享春色　摄于昭苏县格登山下

家园　摄于尼勒克县唐布拉

山河（获伊犁州二等奖）　摄于天山

云起太白　摄于扶风县马氏冢北塬

顶天立地　摄于伊宁市伊犁河畔

暖流　摄于昭苏县

轨迹　摄于昭苏县

秋之韵　摄于伊犁阿拉马力

暖光　摄于伊宁市飞机场

牧羊人　摄于特克斯县

山村人家　摄于尼勒克县狗熊沟

家园　摄于巩留县库尔德宁

喀什河秋色　摄于尼勒克县

脉络　摄于天山

金秋　摄于伊宁县

白杨秋韵　摄于伊宁市伊犁河畔

晚霞生辉　摄于玛纳斯县

龙脊　摄于天山

夏塔雪峰　摄于昭苏县

绿湖之春　摄于昭苏县萨依卡勒河

雨后晚霞更醉人　摄于伊宁市伊犁河畔

呵护　摄于察布查尔县煤矿沟

金色田野　摄于昭苏县

那拉提深秋　摄于新源县那拉提草原

牧羊人 摄于尼勒克县

圣辉 摄于祁连山

伊犁河秋色　摄于伊宁市伊犁河畔

马永盛与邓仰军为作者张正乾诗作《忆长安》作画、题字

马永盛与邓仰军为作者张正乾诗作《秋思》作画、题字

为《静思录》出版题字。书法作者：杨锁强，中国书法家协会书法教育委员会委员，教育部中国教育学会书法教育专业委员会理事、学术委员，西安交通大学书法艺术研究所所长，中国书法系教授、博士生导师、博士后合作导师，陕西省书法家协会学术委员会主任，《中国书法报》学术顾问。

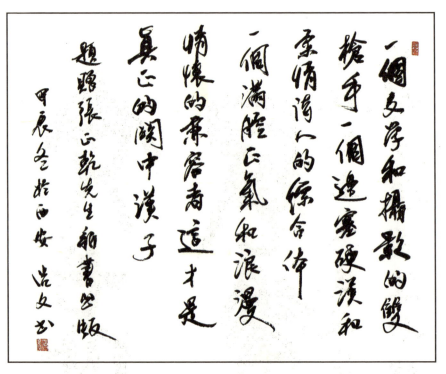

为《静思录》出版题字。书法作者：张浩文，陕西扶风人，海南师范大学教授，中国作家协会会员，中国散文家协会会员，海南省作家协会副主席（兼职）。曾获《中国作家》第三届剑门关文学大奖、中国作家出版集团2013年度优秀作家贡献奖、海南省第一届南海文艺奖文学大奖、第四届柳青文学奖。

为张正乾《光影拾零》摄影集题字。书法作者：邱零，原中国书法家协会第二届理事、中国刻字研究会副会长、中国剪纸学会常务理事、中国摄影家协会会员、新疆书法家协会常务副主席兼秘书长。现为新疆书法家协会顾问。

一朵绝美的天山雪莲

刘兴超

　　初识张正乾先生，是他在微信上发诗给我看，我一下子就被他笔下浓郁的边塞气息所吸引。后来才知道，张先生是陕西扶风人，十八岁入伍，曾长期在边疆服役，曾任新疆伊犁军分区副政治委员，他的诗有强烈的边塞军旅气息，也就可以理解了。这部《静思录》里的诗作佳作颇多，我最欣赏的，也是这一部分边塞诗。

　　张先生的边塞诗，立意高远，催人奋进。军人"上马击狂胡，下马草军书"（陆游《观大散关图有感》），横槊赋诗，绝少文人诗作的风花雪月与幽幽怨怨。如张先生的《戍楼感怀》："青松挺拔俊雄飞，赴汤蹈火歼敌威。翠羽渐疏春退息，赤心报国未思归。"边疆将士，如苍松雄鹰，纵然环境恶劣，但报国之心从未改变——匈奴未灭，绝不归家。再如《古城》："寒风四起妖魑窜，魔鬼侵淫群德捍。千载嘶鸣今尚然，古城依旧旌旗灿。"边塞古城寒风凛冽，强敌环伺，群魔乱舞，但"群德捍""旌旗灿"，可见我军之众志成城及赫赫军威，域内诸公但可高枕无忧。《颂剑》："悬在朝堂镇百官，佩身能使贼心寒。铸军可御敌千里，谋国方能斩乱端。"写剑勾魂摄魄，非亲在边疆持剑杀敌者，绝不能作此诗。《雪莲花》："生在绝尘处，肌肤似玉兰。霜云夸俊俏，花朵不忧寒。"西域天山雪莲，那种绝尘的美艳，那种凌寒的英姿，被张先生刻画得淋漓尽致，如在眼前。我常想，张先生的诗，何尝不是一朵绝美的天山雪莲。《回师》："将军自古善苍生，进退不丢旗下兵。若是出征登帅阃，回师君主必先声。"将军爱百姓，爱将士，进退唯军令是听。有此文明威武之师，何敌不克？《春别赛里木湖》："守边三十载，卸甲返家乡。湖畔道春别，夕阳似曙光。"英雄一生戎马倥偬，老去解甲归田，在他眼里，却"夕阳似曙光"，退休后的新征程，这才开始呢！这高远的诗意，令读者读来神思振奋，当令感叹"夕阳无限好，只是近黄昏"的人汗颜。

张先生的边塞诗，有浓郁的边塞风情，形象生动，画面感十足，令人陶醉。如《伊犁情思》："独怜幽草绿丛生，牛马充盈百鸟鸣。壮士孤居边戍屋，闲宵常伴弄枪声。"哨所、青草、战马、鸟声、弄枪声，有声有色，呈现出一幅生动的边疆夜戍图。《戍楼金秋》："霜染枫林山叠岭，幽蹊采撷戍楼藏。喜看原野千层壑，流艳金波收获忙。"万山红遍，层林尽染。《登伊犁河源边防哨所》："云隐天山不见营，雾中寒暑宿边兵。源源溪水润枯槁，净海无风月影明。"云遮雾绕，军营肃穆，形象鲜明如立纸上，而溪水明月，又暗喻将士的报国热情与耿耿忠心。《拜林则徐伊犁惠远旧宅有感》："当年贬谪国人知，旧宅我来吟颂词。古木应知爱民意，犹阴渠水润边陲。"最后两句寓情于景，集中体现了诗人奇妙的想象力。《游夏塔祭公主》："晓日烟霞照公主，孤坟零落草原春。忽闻河岸马蹄响，疑是当年征战人。"此诗后两句亦有异曲同工之妙，想象新奇，诗意浓郁。

唐诗中有高岑边塞诗。高诗多胸臆语，气骨铮铮；岑诗豪壮奇丽，文采斐然；张先生之边塞诗，兼二公之美矣。

当然，张先生的诗，题材非常丰富，有的描绘祖国各地的秀丽山川，有的感慨历史重大事件，还有的反思当代社会现象，就笔锋犀利、见解独特。兹不赘述，读者开卷自能知之。

　　王国维《人间词话》："大家之作，其言情也必沁人心脾，其写景也必豁人耳目，其辞脱口而出，无矫揉装束之态。"我一直以为，好诗有三个标准：语言流畅，形象鲜明，情感真挚。我写诗，一直也这样去追求。细读这部《静思录》的诗，忽生惺惺相惜、相识恨晚的感觉。诗海茫茫，愿与张先生携手，上下求索。

　　是为序。

2024 年 7 月 25 日

　　（刘兴超，文学博士，南宁师范大学文学院副教授，硕士生导师。现为中华诗词学会青年诗词工作委员会副主任。）

山光水影边塞情

李周琳

20世纪末一个金风送爽的秋季，神州遍吟"孔雀东南飞"。正乾君调回西安，带着十几箱书籍和一身塔克拉玛干的风尘。远亲近友都以为他这一动该是衣锦还乡，荣归故里，大家也能多少沾点光鲜。谁知他在湘子庙街的办公室还没坐热，又跟着一纸调令去了伊犁，而且抛家离舍，一去又是十多年，把生命中最富智慧的光景贡献给绿洲与戈壁交错的天山北麓、那个军分区副政委的岗位。望着他健壮但并不伟岸的背影，我不禁怅然若失：不知湘人左宗棠将军曾经经略的那片热土，非得他去精心《守护》，还是他生命的成熟季节，需要《伊犁河秋色》浓墨重彩的渲染。

青年时代，我和正乾君一道入伍，被几个河南老兵领到塔克拉玛干沙漠西沿一座军营，在我们的老乡班超先贤曾经跃马沙场的地方，为祖国奉献青春。那座军营坐落在叶尔羌河岸边的一片绿洲上，从喀喇昆仑山滚滚而来的雪水，即使夏天也透着瑟瑟寒气。但两颗年轻而单纯的心，却在戍边的岁月里，为了理想互相温暖着对方。起初他当打字员，我放电影，后来俩人同在一个政治机关公干，又彼此欣赏，臭味相投，很快就成了超越老乡与战友的诤友。有一次我在酷暑里发高烧，身体几近散架，就是他守在床边，一遍又一遍用湿毛巾为我降温，让一匹自小缺怜少爱的瘦马，第一次感受到兄弟的情分。近十年的光景里，我们相互坦言，彼此透明，几乎每天都要在营区的马路上"饭后三千步"，时常聊天到黎明，以至于有领导以影响工作为由，不止一次向我们发出警告。后来我因不惯行伍氛围申请转业，而他还在新疆为理想奋斗，并在工作之余，借助现代光学仪器，将他对祖国西陲边塞，特别是伊犁的热爱充分抒发出来。

我看正乾君的摄影作品，形之于山水风物，情发乎胸肺心田，观花而顾伴，咏雪以驰思，弄奇石，赏五彩，抚树影，集斑驳，阅天地日月之精华，撷湖光山色之美雅，起自闲情，兴于执着，工由琢磨，悟道而归真。倘论人生何趣，此乃境界之一也。若夫高处远眺，俯察浩渺氤氲所围，苍茫原野之广袤，绿草如茵，繁花似锦，森森林木参差差，皑皑白雪声籁籁。抑或负地仰空，侧观蓝天白云之下，地表皱褶之布局，逶迤起伏，渐远渐浑，雄壮间银河挂川，宛如流淌之韵律。尝日出而入野，令时光停顿，闻都塔尔响起，竟能忘情高歌"边疆赛江南"，全不顾失音跑调，还了自然率真性情。至若驱车入谷，仆仆风尘，暖意释冰，毡房盘坐，问俗拜老，迎风踏雪无怨悔，老骥伏枥觅芳踪，俄而夕暮的绛红里捕捉成对的鹅影，亦尝哈萨克少女忽闪的眸子中探究纯真，或是凝望《牧归》至于定格，则显大爱于家外，溢浓郁至广普，令人生敬。

人如作品，作品如人。全球的美学家大都如是说。正乾君的摄影质朴中透着光辉，平实里蕴含哲理，感情细腻，追求不懈。明人洪应明道："徜徉于山林泉石之间，而尘心渐息；夷犹于诗书图画之内，而俗气潜消。故君子虽不玩物丧志，亦常借境调心。"正乾君是一名军官，恪守着自己的职责，虽不至日理万机，却也是公务缠身，每日里"两眼一睁，忙到熄灯"。他又是一名政工干部，诸多精神宣贯、风纪整肃、迎来送往事无巨细，都需要他躬身计划、运筹与处理。在假大空的说教为社会成员所不齿的当今，他的角色也充满挑战与艰辛。他能在无垠的不毛中撑起一片翠绿，把那个大校当得有声有色，已属不易，偏他又能忙里偷闲，于繁杂事务中超脱出来，暂别纷扰，亲眷自然，喜己所喜，好己所好，用鹰一样犀利的眼光和独特的视角，把他所钟爱的灵秀天地、华美山川、朴实民人和多彩风物都收纳囊中，展现出来，让人充分领略造物主的神圣与邃密，怡情冶性，寄思传情。冷不丁看到这本精美的画册时，还着实让我惊叹不已，真不敢相信自己已经昏花的眼睛。待到仔细浏览了整个画册后，我才恍然若悟：正乾君不但会调心养性，还已然是一位摄影高人了。他的许多作品取材新颖，用光巧妙，画面清新，赏心悦目，不少还在影展上获奖，如《顶天立地》《夏塔雪峰》《音符》等。冥冥之中有神灵，魂牵梦萦总不醒，这大约就是他当初二进新疆的缘由吧！

愿正乾君在光与影的世界能取得更大的成就，用他美的发现给变革时代以真善的助力！

2012 年 4 月

（李周琳，笔名郎春，陕西扶风人，陕西省作协会员，中国科协会员。）

一名励志者的成功之路

贺养初

我与张正乾先生互加微信，还是吴炳龙老师引荐的。因欣赏他发表在《新疆文学》公众号上的作品，给他留言而逐渐走进了他的文学世界。仰慕他的才华，被他矢志不渝、勤奋拼搏所震撼。再说我们又是陕西乡党，"老乡见老乡，两眼泪汪汪"，那种亲近感不言而喻，所以交往就成了必然之事。

两人的互动，都是关于张正乾先生的诗作和摄影方面的交流，进而加深了对他、对他的作品的关注和欣赏程度，且从思想上对他的作品有了一个由感性认识向理性认识的飞跃。我心里萌生出了一个大胆的想法，对他的作品做一篇《赏析》，解读一下他的作品。于是不揣冒昧，便对他以及他的几篇诗作做以尝试性的解析，窥斑见豹，逐渐从整体上慢慢领略他诗作和摄影的特色。

张正乾先生是一位业余摄影爱好者，是怀着丰富的情感，跋山涉水去拍照的。用影像理解世界，以镜头捕捉稍纵即逝的现实，通过美感记录时代。无论是从构图的完整、干净，角度的到位、独特，还是用光的巧妙，都彰显出他摄影技艺达到非常高超的境界。每一幅影像作品都是形式美感，如线、面、色、光以及均衡变化、节奏、比例等要素的匠心安排，精益求精，恰到好处。例如：《村头童趣》《牧归》《蓝色妖姬》等，幅幅作品都自然协调，吸人眼球，逗人喜爱。他早晨发给我的问候语，都是以不断变幻的影像为底色，令人赏心悦目、陶醉其中，得到愉悦的精神享受。

张正乾先生的诗作，以五言、七言见长，笔锋犀利、文字优美凝炼，气势恢宏，挥洒自如，意境高远、昂扬。以景抒情，情景交融，有声有色，具有韵味，也有浓郁的诗意，思想感情积极健康。诗作勾勒出一幅精美的图画，诗画一体，既是读诗又是赏画，展露出作者心系祖国边疆，抒发热爱大自然的博大情怀。

以诗作《果子沟大桥》《游乔尔玛有感》《博格达峰》为例。不论是从文字上还是写景抒情方面，这三首诗作都充满健康和积极向上的韵味，读之，如深谷幽兰，芬芳馥郁，令人陶醉。

《果子沟大桥》诗意浓，充盈着油画般的韵味。有静有动、动静结合，从不同角度勾画了天山果子沟的壮美景观以及寒雪的无限风光，氤氲着动态的意境美，充满生气和诗意。作者采用诗意的形象，浪漫主义手法，描绘出了生活中生动而美丽的景象。

《游乔尔玛有感》是参观独库公路中段，天山山脉的峡谷深处的乔尔玛烈士陵园后，缅怀修建独库公路中牺牲的 168 位革命烈士。读后能够给人一种精神上的震撼，是因为它融入了历史钩沉，注入了爱国主义情怀，这种大美的诗意情怀，与大美风景相得益彰。

《博格达峰》中，高山雪白纯净，天池之水深而甘美，博格达峰像独立的白鹭一样耀入众人眼帘。当寒风来临之际，白鹭并非孤立无援，连绵的雪峰犹如众雁群飞的援军，阵势浩大雄威，势不可当。诗的意境，就是生活与想象的结合，也是生活与诗的结合。大抵都洋溢着诗的韵味。

祝愿先生在文学百花园里继续耕耘，开辟出一片属于自己的崭新天地。写出更多的好作品来，奉献给读者。

2023 年 7 月 16 日

目录

第一章　诗歌选编

第二章　散文随笔选编

第三章　友人诗评

第一章　诗歌选编

游太空

星宇舞姿柔，遨游未有愁。
往来何所惧，犹似访君侯。

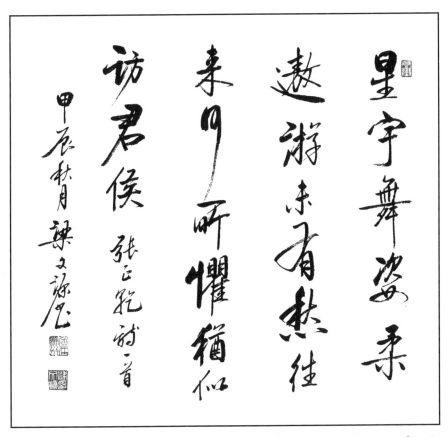

　　书法作者：梁文源，中国诗词协会常务理事、新疆书法家协会理事、新疆军旅书画院副院长、西安工程大学和陕西理工大学客座教授。

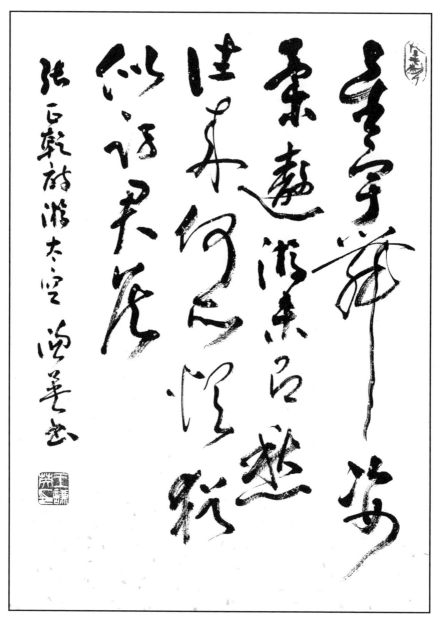

书法作者：王谦英，陕西省书法家协会会员，陕西职工书协理事，开明书画院副院长。

　　书法作者：屈军强，中国电影评论学会会员、中国书法家协会会员、甘肃金石篆刻艺术院副院长、甘肃印社副社长、兰州市书法家协会副主席。

谒仓颉

帝功垂万古，仓圣永千秋。
苍柏霸天下，雄魂佑国谋。

书法作者：梁文源

书法作者：屈军强

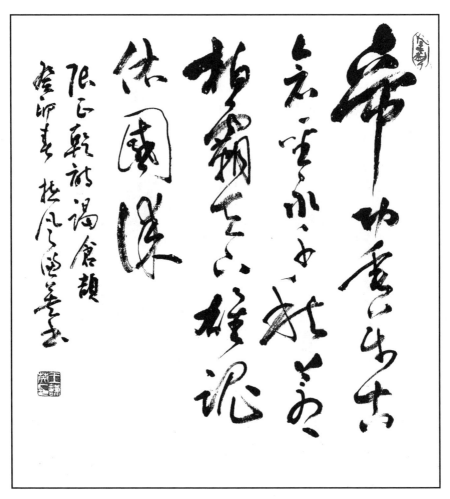

书法作者：王谦英

再出西塞

虫蚁出西戌，挥戈别新故。
我生忧塞垣，安固是归路。

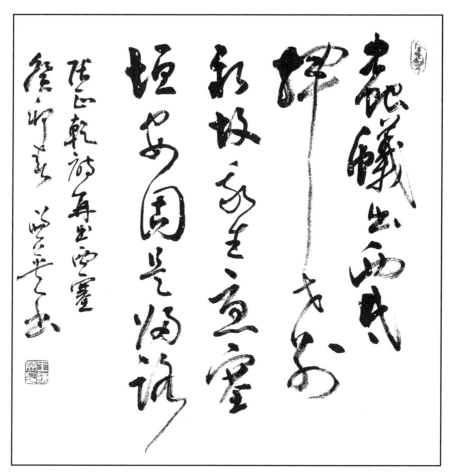

书法作者：王谦英

咏风

拂面发飞舞，去来无影形。
青枝争送客，云雾接仙灵。

书法作者：屈军强

咏神箭

天赐神鹰眼，瞻窥我寸山。
凌空光万世，谁敢乱飞班。

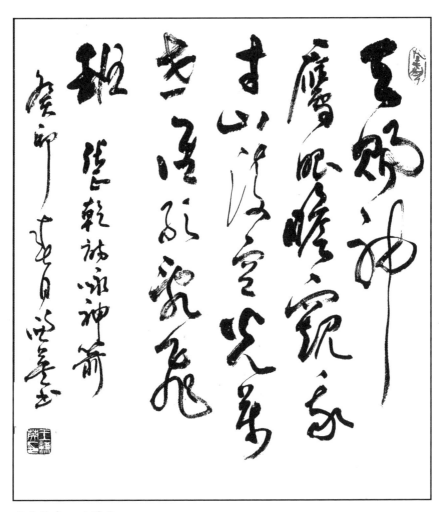

书法作者：王谦英

忆边事

大漠无兵事，宾游戍卫楼。
两军松下舞，邻睦少烦忧。

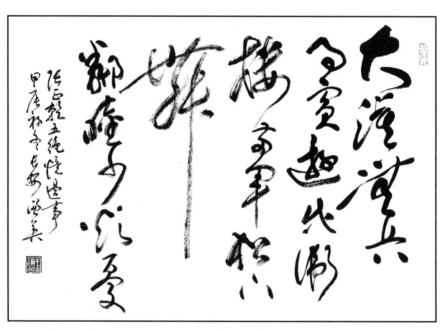

书法作者：王谦英

泊欲

心中有彩虹，小院出风景。
淡泊世间愁，惊添黑发颖。

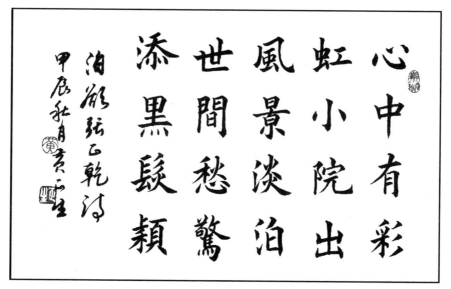

书法作者：黄正生，中国书法指导师，中国老年书协会员，中国毛体书协岳阳协会副主席。

尚俭

勤俭拥金瓯，星宫阅世秋。
奢华无节度，春貌易生忧。

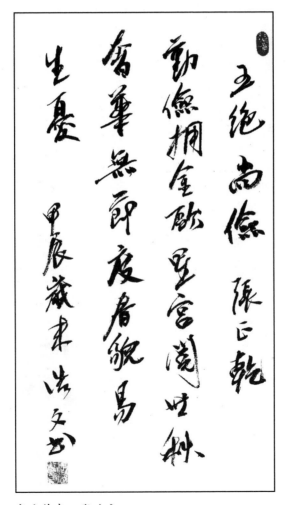

书法作者：张浩文

尚廉

勤廉固九州，星海阅春秋。
赓续清风气，群方永福休。

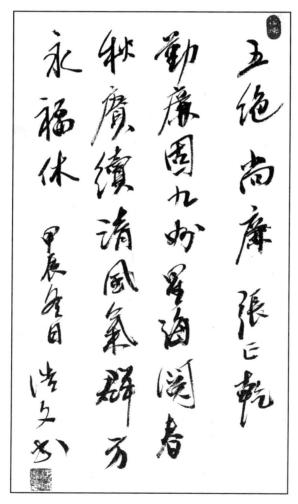

书法作者：张浩文

盼睦

窗外树枯黄，屋庐花艳阳。
不期春色在，家睦赛鸳鸯。

孤寒

霄峰挺孤柏，威势不胜寒。
欲成苍穹事，还须入碧襕。

云起太白

南望太白山，云雾涌青天。
金穗兆丰稔，淫霖祸麦田。

孤寂

独卧琼楼里，遥闻赶集声。
闹喧人不识，灯影伴孤身。

弃钓

秋日岸风萧，藤条趁势飘。
池塘鱼自跃，犹似水仙瑶。

绘画有感

心田连五洲，涧与海争流。
胸抱天隅事，诗图恢大猷。

赏梁文源先生诗书画有感

仗身惊敌胆，神笔妙生辉。
文采飞圜泰，风馨获衮衣。

耄耋爬梯

平步青云飞，逢梯催貌老。
少儿喜足高，耄见阶愁恼。

怨情

伊人寄腹心，常恨断回音。
但见鸿书绝，怨尤钟爱深。

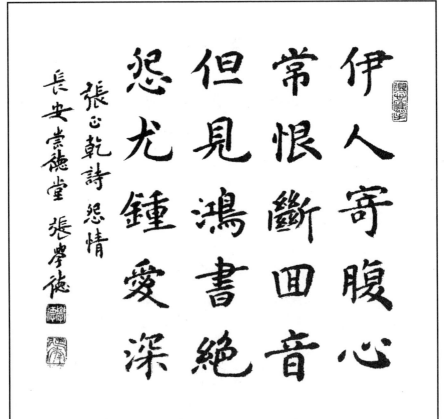

书法作者：张学德，中国金融作家协会会员、中国金融书法家协会会员。

圆月南行

云端白纻衣，脚踩瑞云飞。
云浪高千丈，日消明月归。

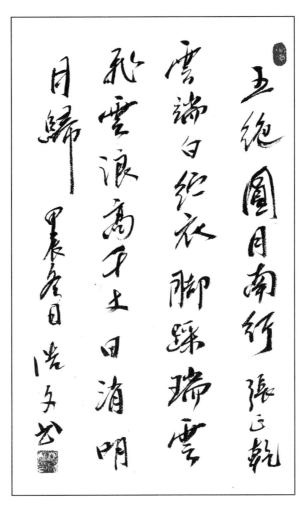

书法作者：张浩文

寒冬

塞垣寒雾起，天地鸟飞绝。
雪霰隐河山，烟云蔽天洁。

颂雁塔（两首）

一

千年僧塔直，日落塔升高。
夕霭无穷好，丹光佑衮袍。
喷泉随乐起，游客目光毫。
银柱百竿首，佛龛俯瞰涛。

二

东方日未淹，晨旭照孤尖。
日落山崦下，霞光耀塔檐。
登临僧塔上，一览岳山崦。
千里望灯影，秦川送福谦。

游咸阳汉长陵有感

项羽念江东，志图千里中。
欲求基业固，纳谏选才雄。

书法作者：昝顺芳，陕西省书法家协会会员，扶风县书协理事。

春游格登山

旭日映群峰，江山万里红。
草原牛马壮，鸟语漾花丛。

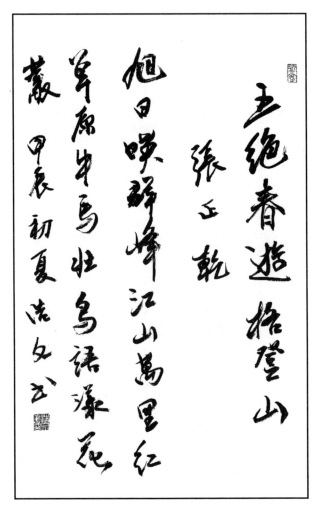

书法作者：张浩文

忆赴喀喇昆仑山修路

惊讶双眸冷，车窗蒙雪霜。
山高心气短，时见病床忙。

【注】（1）喀喇昆仑山：海拔高度一般在5000米以上，有一些山峰高达7000米以上，乔戈里峰高达8611米。这里高峰林立，道路崎岖，高寒缺氧，环境条件极为艰苦。

　　（2）山高心气短：是指人们在喀喇昆仑山上身体所表现出来的高山反应。这里的氧气只有低海拔地区的50%，长期驻守在这里的战士，高山反应强烈。

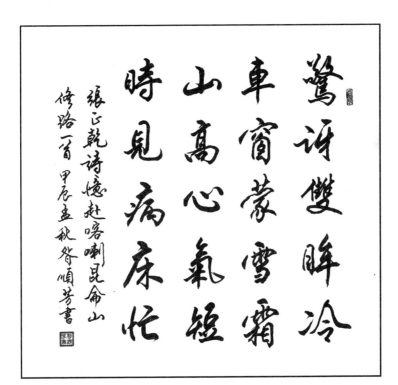

书法作者：昝顺芳

元宵夜游大雁塔

珠光耀碧旻，泉水映金身。
游客似潮涌，宵烟隐路人。

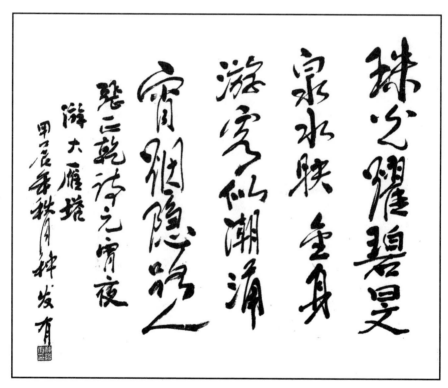

书法作者：种发有

雪莲花

生在绝尘处，肌肤似玉兰。
霜云夸俊俏，花朵不忧寒。

书法作者：王宗汉，曾任新疆伊犁哈萨克自治州（副省级）书法家协会主席、新疆书法家协会理事，现为伊犁哈萨克自治州书法家协会名誉主席，伊犁师范大学客座教授。

春别赛里木湖

守边三十载，卸甲返家乡。
湖畔道春别，夕阳似曙光。

【注】（1）赛里木湖：古称净海，赛里木湖是新疆海拔最高、面积最大、风光秀丽的高山湖泊，也是大西洋暖湿气流最后眷顾的地方，因此有"大西洋最后一滴眼泪"的说法。

（2）守边三十载：指作者两进新疆，累计在边疆守防三十年。

（3）家乡：指作者的出生地陕西省扶风县。

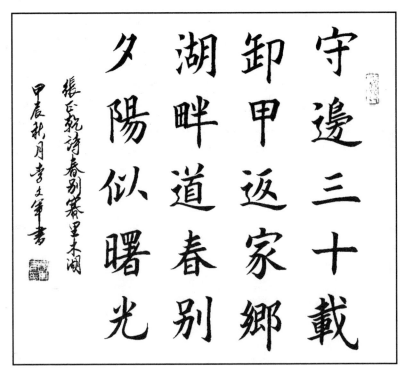

书法作者：李文军，中国实力派书画家协会会员。

题昭苏夏塔雪山下温泉

夏塔少高僧，汤池化雪冰。
骊山多贵势，沐浴列宫灯。

春思

春灯遍九州，焰火怯高楼，
游客似潮涌，宵民发旅愁。

边塞春光

群峰雾袅绕，枝杪报春晓。
万物着葱袍，扶摇助灵鸟。

弄春

繁花明媚色，绿叶展雄姿。
鸳侣弄春水，和风拂翠枝。

悼念作家、诗人周涛先生

胸中倾皓月，诗卷永千秋。
风骨耸昆岳，英魂射远猷。

闹春

一

青苗随笋起，红杏倚窗低。
百鸟争鸣舞，灵童闹玉闺。

二

竹院鸟争枝，翠芽撩斗嬉。
鸾凰鸣艳语，古柏吐青丝。

咏雄鹰

雄霸高山守国畿，翱翔天宇震狐威。
风寒我不添衣甲，谁个虫儿敢筑微。

书法作者：卫双良，陕西省书法家协会原副主席，现任陕西人民书画院院长、中国书画报西安艺术中心主任、西安翰墨林艺术培训学校校长、中央电视台中学生频道艺术指导。

书法作者：刘来运，中国榜书家协会高级顾问，中国企业书画院常务副院长，国家开放大学艺术教育顾问。

颂长城

巨龙独踞众山头，镇守边关抗外忧。
雄霸天涯承伟业，御屏万里永春秋。

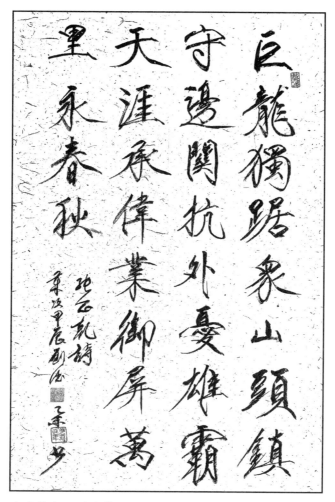

书法作者：刘德举

悯旷野

座座银宫缀广田，熠熠灯火似星躔。
荧光闪闪耀天宇，旷野生炉沃袤蜷。

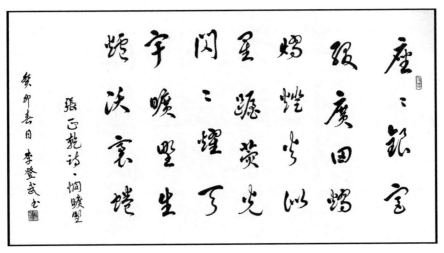

书法作者：李登武

悯农

都市丛楼拔地起，雨晴春笋掩襟泣。
妙龄燕尔弃农耕，老骨扶童空守邑。

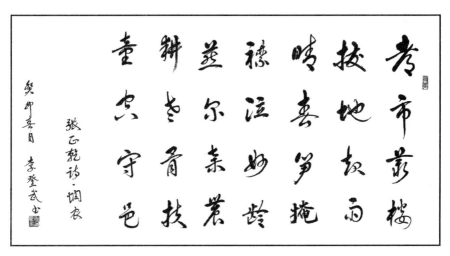

书法作者：李登武

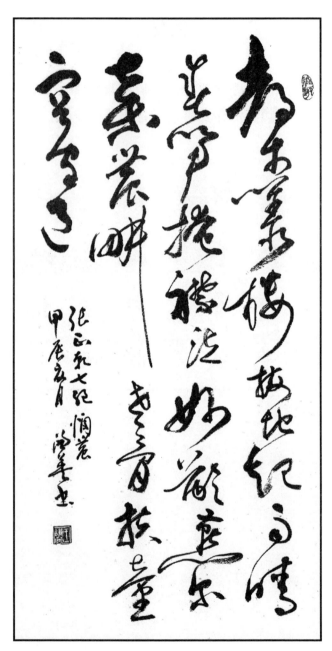

书法作者：王谦英

望叹

金砖高筑千层屋，咫尺相望心远逸。
举目长叹一线天，日迟月缺人艰诘。

书法作者：刘德举

咏秋菊

秋寒逼岁万花谢，金菊独怜芳冽香。
谁说斜阳不胜绿，敬看秋菊耐寒霜。

书法作者：卫双良

贺中国滑雪健儿参加北京冬奥会

虎跃冰川盼艳阳，虎蹄健勇战沙场。
生来一副灵威掌，威震赛台锋颖铓。

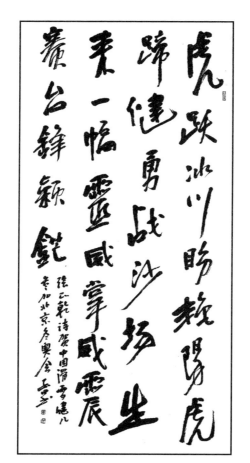

书法作者：李玉田，西安美术学院教授、硕士研究生导师，中国美术家协会会员、陕西省中国画学会副会长、陕西省美术家协会原副秘书长、西安市中国画研究会主席、陕西省重大历史题材美术创作工程专家评委。

咏短

晨梦刚醒已夜场，殷红窦绿品秋霜。
春华莫怪暮年晚，眨眼安休供奉堂。

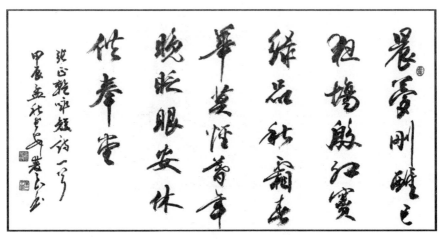

书法作者：卫双良

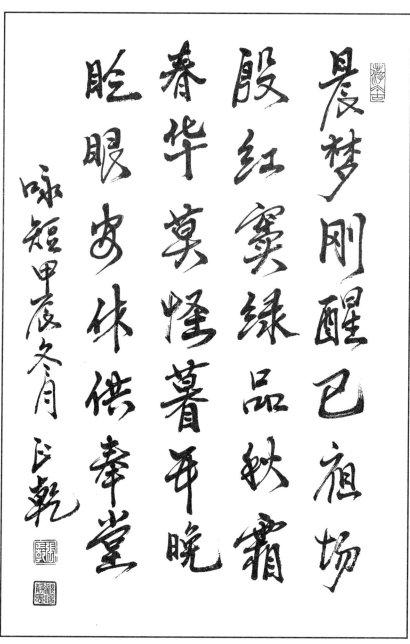

晨梦刚醒已疏场

殷红窦绿品秋霜

春华莫怪暮年晚

眈眼安休供奉堂

咏短甲辰冬肴 正乾

书法作者：张正乾

贺伊犁木孜边防连成立

高峻山峰刺碧天，神兵天降白冰川。

遥望冰雪山无色，将士怀冰守玉田。

【注】木孜：位于新疆昭苏县木扎尔特冰川区域。木扎尔特冰川海拔3600米，是天山西部汗腾格里峰冰川区重要的组成部分，有冰川面积1495.5平方公里。这里地势险要，气候寒冷，冰川运动激烈，常人难以涉足。木扎尔特冰川又称木素尔岭达坂，蒙古语的意思是"白冰川"。冰川冰峰兀起突立，常年不化，最厚冰层达20米，一年四季常有冰峰崩裂，令人毛骨悚然。

书法作者：张学德

贺祝融号登陆火星

繁星点点耀苍穹，浩瀚宇寰似星库。
天问遨游荧惑台，中华儿女会新故。

荷色醉人

鹤立池塘花色艳，闹腾之市不沾尘。
蝶寻蕊朵近飞瞰，抱子争春欲化神。

缠眸

两翅爱生高峻处，荣衰与共互缠助。
双眸凝视递柔情，相许以期永安念。

颂师德

苦求圣智做人梯，劬勤师台助曙晖。
扶竹不图桃李报，期颐谋国俊群威。

家风

严父中朝品骨坚，慈闱劳冗顾寒毡。
世家儿女多豪俊，社稷何愁不永年。

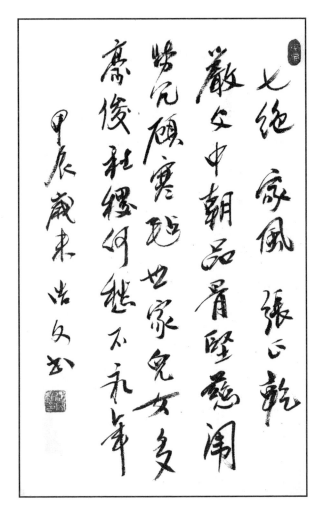

书法作者：张浩文

盼春

世道沧桑多坎坷，星辉余束送春飞。
翻山越岭路微煦，夕照不归望日晖。

东坡肉石

奇珍宝石东坡肉，天赐珀姿添色韵。
止步赏心细细瞧，馋涎欲滴叹神馈。

【注】东坡肉石：藏于台北故宫博物院的东坡肉形石，为中国四大奇石之一。

蜡梅迎春

蜡梅迎客笑欢颜，独放招来尽斗妍。
春煦送晖盈满面，万川农士涌耕田。

白杨赞

白杨棵棵傲天立，随势作声似密语。
刨腹破怀何所忧，固边代代俊才举。

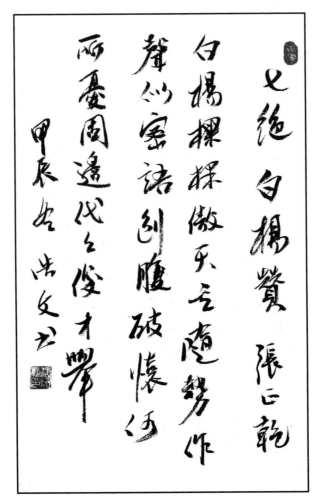

书法作者：张浩文

归故乡

舞象之年出西塞，鬓眉霜雪本乡来。
蛙声依旧雁南渡，守邑鳏孤费我猜。

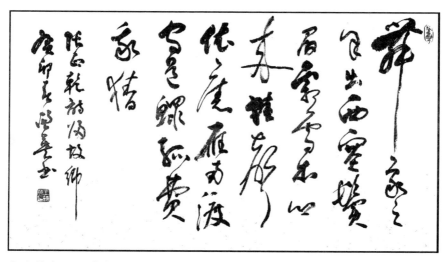

书法作者：王谦英

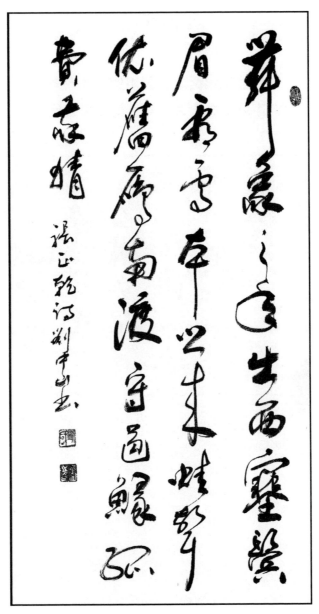

书法作者：刘中山，现任中国书法家协会会员，菏泽榜书家协会常务副主席，菏泽市青年美术家协会常务理事。

素石

荤素情深结世缘，天工做美成双对。
盘中有食方珍餐，社稷众生心自爱。

鹰眼石

高山戈壁展雄杈，翱翥蓝天俯瞰川。
生在沙场多护短，寿终化作袖筒仙。

砺志赞

枯树无风枝自断，豆芽压石芽雄壮。
雪飘梅树蕊增妍，叶落花残茎健伉。

收获

杏黄童乐麦登场，霜穗低头谷入仓。
田野一园车骑急，农家百担喜洋洋。

善念

心存善爱福神到，奸小谗言祸缠身。
狡诈待贤无挚友，胸怀宽广纳山人。

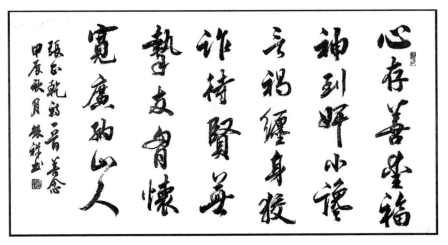

书法作者：卫银祥，现为中国硬笔书法协会会员，陕西省书法家协会会员，陕西人民书画院副院长。

圈子

胸怀全局纳沧海，八面来宾皆好友。
私利小人结小帮，穷图末日残霜柳。

心境

牧笛悠然胜似仙，诗人眼里雪光妍。
凡夫常叹世情缠，君子心中义是天。

和谐生福

雨润风柔泽苦焦，肥田沃土有佳苗。
仁贤融结天涯客，慈善家园出骏骁。

孤伤

幽峻群山雪飞舞，朦胧深处一茅堂。
孤栖雪海密林处，拐杖扶栏度夕阳。

爬瓦罐岭

漫步爬蜒瓦罐岭，南望宝地显神灵。
圣辉人杰添金晕，父辈英魂佑子星。

【注】瓦罐岭：指陕西省扶风县法门寺塔以北的北山一带。站在山岭高处南望是佛都圣地法门寺和扶风革命烈士陵园。

辛丑岁感怀

倭子魔妖吐刮涎，生民心寄栋梁肩。
江山永世须诛殄，腐蠹不锄诸事愆。

池塘悦色

远望彩云飘万里，近看池鸭逗鱼嘴。
天池一色人陶然，群鸭不驱自下水。

绳险

一盏孤灯游黑夜，悬崖道上谷幽深。
若夫骄恣落狐窟，逢鬼处身须辣心。

念秋

金色荷花月影寒，寂寥难耐孤灯夜。
池塘缠绵情悠长，秋意斑斓回故榭。

春景

春风拂度百花绽，蝶绕花蕊近觑环。
蜂舞人妍春满目，芳香馨烈润心颜。

空转

明灯高挂无人影，点亮期求争宠心。
古往愦夫自催老，只缘奸智锁胸襟。

折腾

古柏逝湍生翠光，地皮刚湿又移秧。
翻来覆去一分绿，不见大鹏能夺阳。

闹雪

昨夜天宫洒玉屑，地披银绢万容宛。
谁家小儿堆娱人，哪管衣沾寒晓霜。

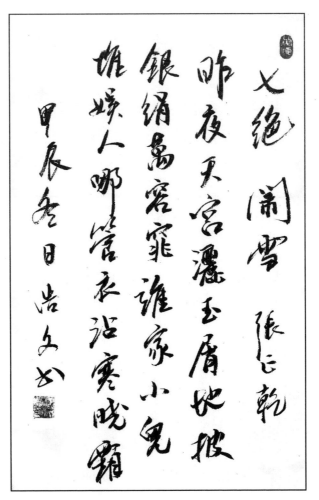

书法作者：张浩文

荣颜灾

虚谥催生心殄瘁，假盈滋乳祸身事。
君臣若好荣光颜，心力燋然皆失意。

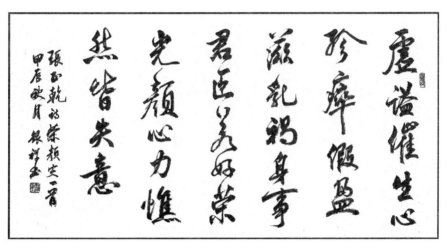

书法作者：卫银祥

纳贤盛

久在灯前迷黑夜，常行夜路眼眸明。
广求群艺无忧悒，善纳贤才弦自鸣。

书法作者：卫银祥

戍楼金秋

霜染枫林山叠岭，幽蹊采撷戍楼藏。
喜看原野千层壑，流艳金波收获忙。

书法作者：卫银祥

都市寒秋

秋雨淅然寒雾起，行人添袄步匆匆。

凋零枫叶飘蓬地，犹似飞鸿踏雪中。

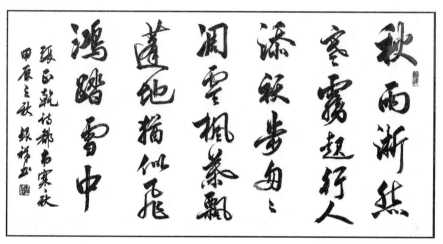

书法作者：卫银祥

草原之春

千程冰雪覆茫原，一线炊烟扫露寒。
春至雪融羊满谷，草原处处醉颜丹。

胡杨颂

飞沙莫掩金秋色，鹤骨不倾雄杰姿。
旷瘠渺茫何所惧，骨埋大漠守边陲。

伊犁河晚霞

斜阳余耀似朝袍，远眺丹霞映彩涛。
荡漾逝波随日去，河川夕景赛春醪。

固守

千载西都显圣威，群豪悍守疫疵飞。
尘烟四起锁金碧，秦渭山川盼曙晖。

念儿郎

莽莽昆仑阅素秋，雄鹰神剑锁关喉。
儿郎卧雪守边塞，但愿驰书报平安。

书法作者：王谦英

边塞情思

皑皑白雪覆茫原，荒野胡杨鹤骨坚。
欲寄来年春色好，祈求今日兆丰年。

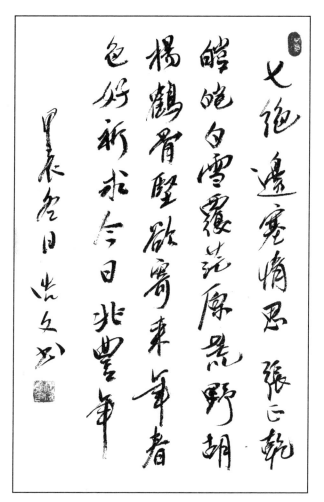

书法作者：张浩文

咏蜘网

小小蜘蛛善网纲，罗之皆在结交场。
乡间宅宇薄光照，槛外青杨尽御黄。

占城

寒风四起妖魑窜，魔鬼侵淫群德捍。
千载嘶鸣今尚然，古城依旧旌旗灿。

善忘

情结忧愁抛九霄，顺安福乐自逍遥。
淡然名利心欢喜，走遍山川唱浩淼。

戍楼感怀

青松挺拔俊雄飞，赴汤蹈火歼敌威。
翠羽渐疏春退息，赤心报国未思归。

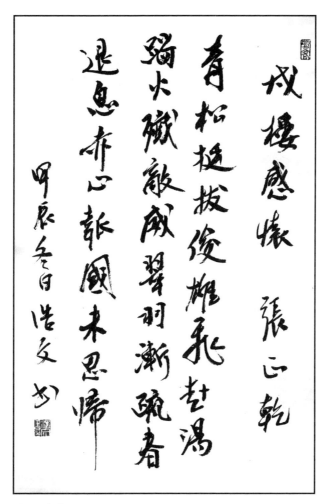

书法作者：张浩文

寻隐士不遇

春风撩动万方田，莺燕鸣弦叶斗妍。
若问隐夫何处歇，佛庐南眺一孤烟。

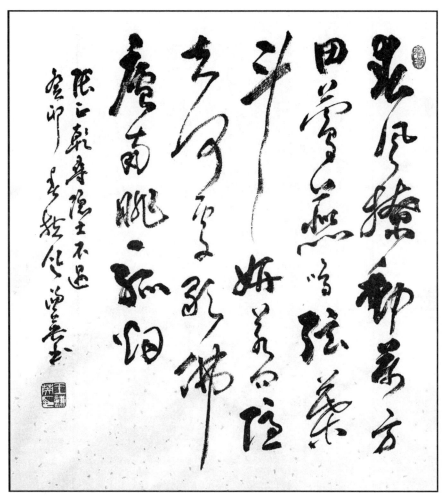

书法作者：王谦英

夜思

独坐窗前目测天，翘瞻明月缺重圆。
此生不待持虚势，只盼生途自在仙。

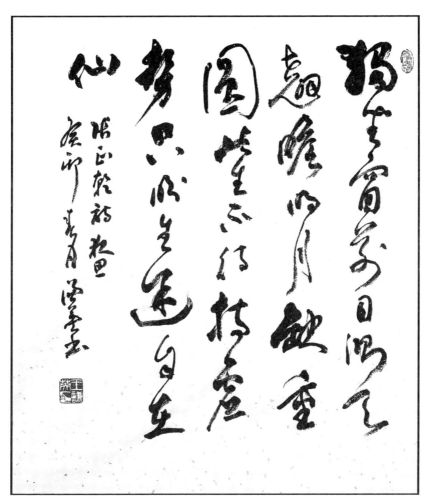

书法作者：王谦英

悯田

独倚楼栏窗蔽日，翘瞻头顶一壶天。
俯临只见车流水，不见农耕一砚田。

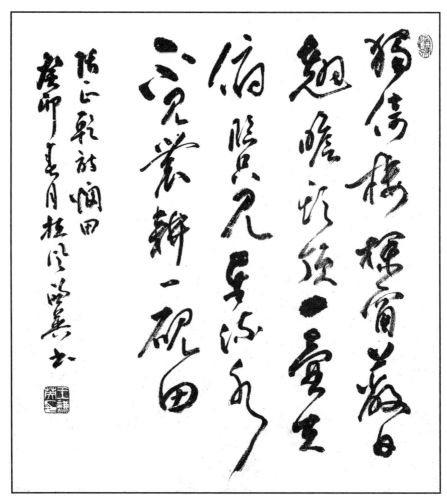

书法作者：王谦英

游华清池有感

琼楼玉宇烟灰灭，战马嘶鸣声未衰。

古帝骊山荡瑶碧，江山毁瘁浴清池。

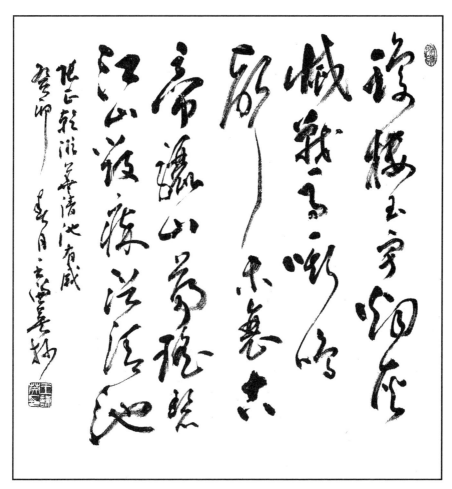

书法作者：王谦英

怀念为国捐躯的烈士

舞象之年别沃田，守边少壮互争先。
鬓霜儿辈何时歇，鸿鹄西还化鹤烟。

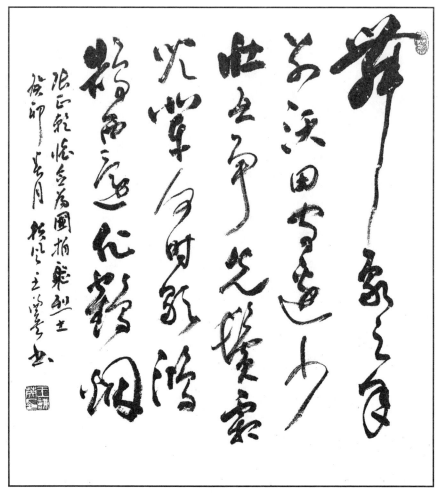

书法作者：王谦英

游寒窑遗址公园

慈恩寺下泉飞舞，曲水池边沃袤蜷。
昔日寒窑田野旷，今朝楼阁入云天。

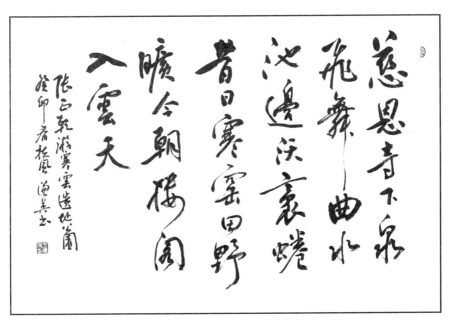

书法作者：王谦英

咏诗仙

仙笔诗书生皓月，能言诗意撼天阙。
今朝酒圣去仙游，只见青天缺皎月。

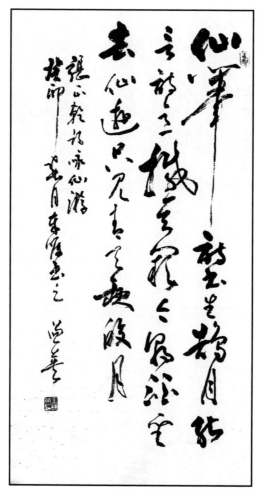

书法作者：王谦英

雷神颂

天下芳丛遭僇辱，只缘仓鼠已成灾。
待时雷电燃枯梗，皆让狼虫化作灰。

挽扶

夕照扁舟勾挽手，漫游漂泊路悠长。
根根银发似霜雪，拐杖双星上善堂。

游黄果树瀑布有感

潺潺溪水易迁道，滔漭江河泛怒涛。
欲使行舟游万里，霈恩宣泽润蓬蒿。

游赛里木湖

亘古天山白发神，泪珠润泽翠成茵。

云杉蔽日花涛涌，一片湖光照碧旻。

亘古天山
白發神泪
珠潤澤翠
成茵雲杉
蔽日花濤
涌一片湖
光照碧旻

楚赛里木湖张玉乾

于甲辰黄正生

书法作者：黄正生

游曲江池

月落池塘水自明，窗灯悠漾夜风清。
情深侣伴荡船舶，人不撑舟舟自行。

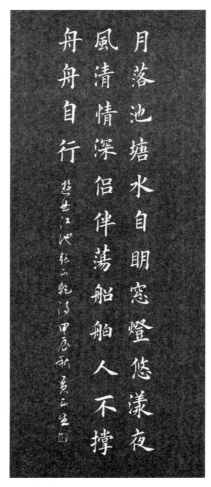

书法作者：黄正生

咏砚

一洼碧水寻鸾影，袅袅花枝入砚池。
妙手舞文尝墨色，江山美景自言诗。

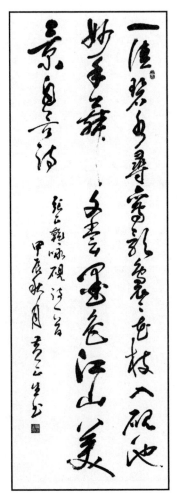

书法作者：黄正生

过白石峰

石骨悬天峰彴直，银蛇盘绕斩腰峦。
躬身俯瞰山根隐，车驭悬崖震谷寒。

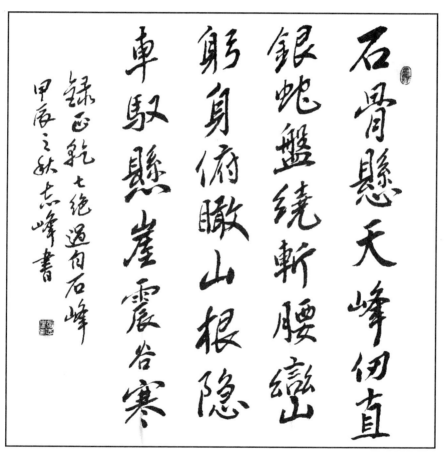

书法作者：张志峰

登九龙潭

秦岭寒霜层尽染，九龙潭上日光灿。
攀登峰顶等钟楼，只见云霾锁城闱。

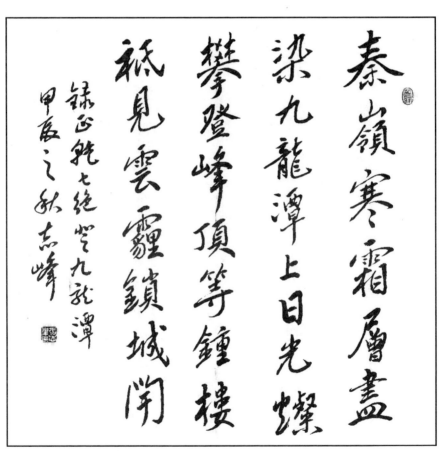

书法作者：张志峰

望长安

秦灰烟霭紫云浮，仙佛穹宫帝国谋。

幽境千年长窈窈，白云万古亦悠悠。

夕阳历历鼓楼塔，芳草萋萋皇帝丘。

岁末乡关何处是，疬疵肆虐使人愁。

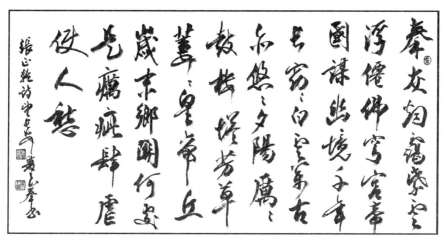

书法作者：卫双良

孤旅愁思

孤旅山川绝塞愁，独怜锦绣绘清秋。
群僚众位唱金曲，乐府廉能造巨舟。

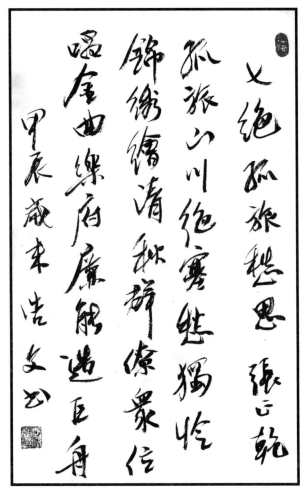

书法作者：张浩文

白石峰

一峰横卧两眉间，河谷高原两个天。
春月河川花色艳，端阳原上薄霜田。

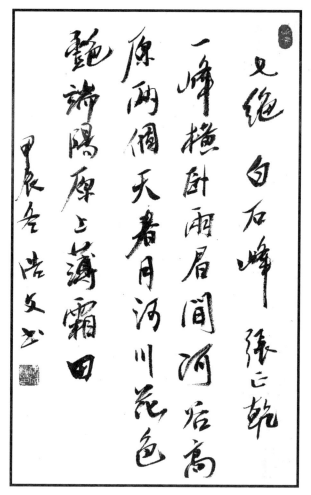

书法作者：张浩文

爬墙虎

枝枝节节生龙爪，片片碧云蔽日炎。
攀上篱笆不逞雄，登临塔顶笑争艳。

除蟊贼

魔鬼肆威鼍作祟，塞垣云雾蔽青天。
斯民举众除蟊贼，唤得天隅万户贤。

游文昌市文南老街

石板街头人迹少，骑楼巷口夕阳斜。
昔时玉柱斑驳癣，坠入琼楼一度花。

河山赞

国策忧怀万世安，聚心描绘锦江园。

神州上下共排难，湖海东西似浚源。

绿水清清撼天地，鸟巢朵朵筑林园。

粼粼碧潋荡云日，戏水游云逗乐豚。

书法作者：张学德

边塞情

远望花海抱群山，近看花丛妩媚眼。

峰笑雪迎香远飘，鹰翔燕舞瑞无限。

千年树木雪寒消，万里乾坤春色赧。

天马飞奔送塞鸿，流金异彩盼鹰眼。

书法作者：田俊哲，曾任新疆喀什市书协副主席。

佑龙脉

登顶岳山望渭川，北坡金殿红成片。

今朝台榭占农田，昔日粮仓成玉院。

俯瞰秦龟身壳残，遥思明主神龙战。

飓风横扫深宫鸦，腐蠹入笼天地变。

【注】（1）龙脉：特指秦岭。秦岭在中国历史文化中占据重要地位，被誉为"中华龙脉"，见证了中华民族的历史演变和文化发展。

（2）岳山：这里特指华山。

（3）北坡金殿：指秦岭北麓的违建别墅。

（4）台榭：这里特指违建别墅。

（5）粮仓：指秦岭北麓的粮田。

（6）飓风：这里特指2018年秦岭违建别墅大拆除。

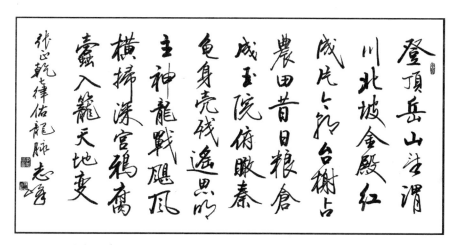

书法作者：李志峰，陕西书法家协会会员、陕西美术家协会会员、中国国画院西安分院副院长、陕西书画艺术研究院副院长、全国公安文联委员。

饰风潮

糠心萝卜心憔悴，涂面抹胸皆做戏。
入榭登楼初月明，邀功耗敫一宵醉。
饰容糜弊涌云烟，殿影巍峨付茅厕。
苍隼悯财含泪珠，万民期寄俭风至。

书法作者：李志峰

地铁族

铁甲蟠龙群蚁屋，滚尘车毂荡灵魂。
横穿花海经湖底，吞噬阳光入月门。
让座挪身聊眼语，含情凝睇谢君恩。
人潮蠕动胜蜂拥，赶月流星求觅存。

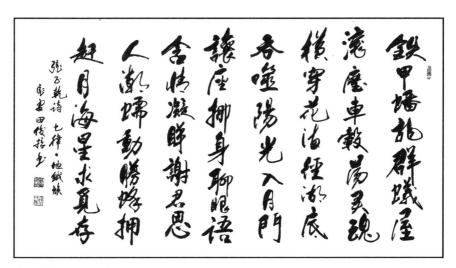

书法作者：田俊哲

喀拉峻大草原

乌孙山下阔青原，腴壤草肥波浪彩。

遥望疆场睡美人，莫忘公主眠花海。

【注】（1）喀拉峻大草原：位于新疆伊犁河谷的特克斯县境内，以其辽阔的草甸、连绵的山脉、清澈的河流和丰富的野生动植物资源而著称，被誉为"世界上少有的高山天然优质大草原"。

（2）睡美人：形容连绵起伏的草原曲线，给人一种无限的遐想。

（3）公主：指西汉江都王刘建之女刘细君。她是汉武帝刘彻的侄孙女，史称"江都公主"。元封六年（前105年），汉武帝刘彻为抗击匈奴，派使者出使乌孙国，乌孙王猎骄靡愿与大汉通婚，刘细君被汉武帝以汉家公主名义远嫁乌孙国，为猎骄靡的右夫人。她是第一位名载史册的和亲公主，为汉朝边疆的稳定和两地文化交流作出了历史性贡献。

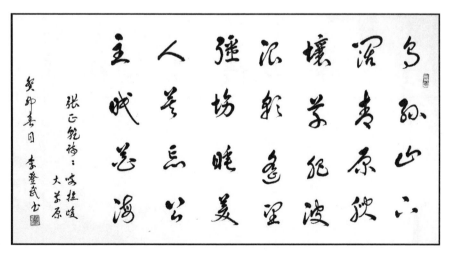

书法作者：李登武

祛蠹

高壁铁窗囚猛虎，箩筛网罩捕蝇虫。
苍天欲绝贪谀害，还即瞻谋好事风。

游那拉提草原有感

魔鬼侵淫旅雁荒，百花绽放犯愁肠。
牛羊满溢赏新卉，不见姑娘唤俊郎。

咏漠

亘古荒丘现汗颜，浩繁宇宙揽心间。
路人投石探清浅，俯瞰金波荡玉颜。

游乔尔玛有感

巍峻群峰出雾端，俯窥云海似仙坛。
豪雄劈石通冰塞，英烈忠魂佑福安。

【注】乔尔玛：为了纪念修建天山独库公路而牺牲并安葬在这里的 168 名革命烈士，新疆维吾尔自治区人民政府于 1984 年在乔尔玛大桥南端修建了烈士纪念碑。

果子沟大桥

一桥飞渡众山无，峡谷高山变坦途。
寒雪飘飖奏鸣曲，墨林雪海绘雄图。

【注】果子沟大桥：2011 年 9 月 30 日通车运营，是中国首座大跨度公路钢桁斜拉桥，是我国通往中亚和欧洲的丝路北新道的咽喉，有"铁关"之称。

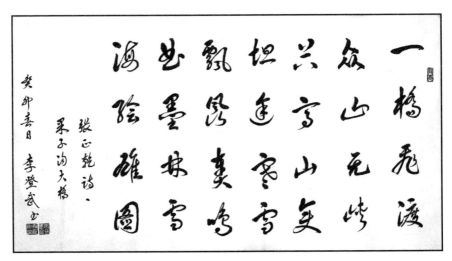

书法作者：李登武

颂毛泽东

一身英气射光鲜，敌寇闻风退八千。
国泰民安天宇朗，试问谁敢不称贤。

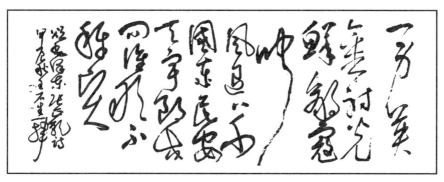

书法作者：王石生，中国书法家协会会员、中国毛体书协副主席、湖南洞庭书画院院长、澳大利亚中华书法协会副会长。

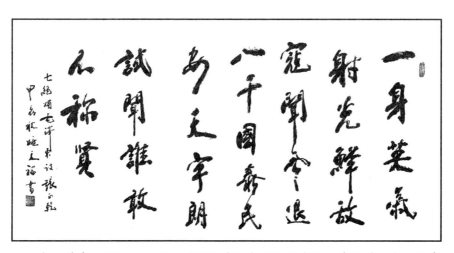

书法作者：姚天福，原兰州军区将军书画院秘书长、中国将军书画院常务理事、陕西省军旅书法家协会名誉主席、陕西省书法家协会会员。

绝江

德薄才庸国粹荒，百年鸳侣少成双。

欲寻良伴守恩爱，贞妇童男邈绝江。

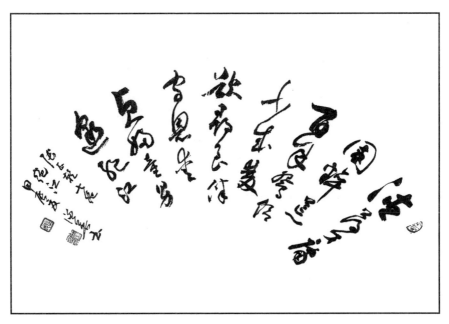

书法作者：王谦英

登成楼眺望伊犁河晚霞

水天一色霸苍穹，万里江山染彩虹。
落日霞光登雪岭，玉峰乳汁泽无穷。

行路难

人生在世盼消愁，苦觅幸福何日休。
若问道途谁巧伪，莫迷佞舌极憸柔。

残荷

红妆散尽人归去，叶败枝残秋水凉。
寒雪侵淫坚骨傲，春来花艳叶青阳。

秋思

独登秦岭览山川，夕照霜秋霞醉颜。
红叶莫嫌斜日晚，清风老吏佑江山。

静夜思

回首军营半百忙，赤心报国鬓成霜。
闷斟酒碗吞孤月，愁盼朝堂多国良。

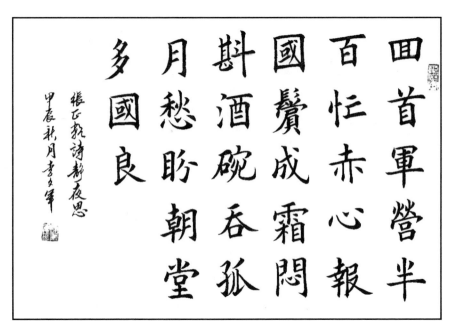

书法作者：李文军

惊梦

百鸟争鸣奏晨曲，雨珠似酒醉人眠。

夫人枕畔唤吾醒，不慎惊飞梦里仙。

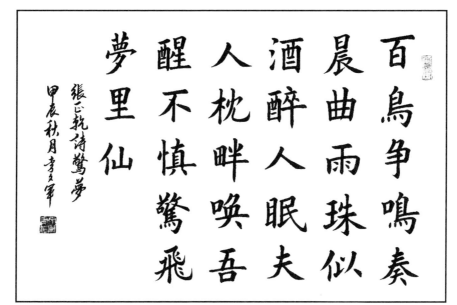

书法作者：李文军

赞引汉济渭工程

汉江之水出高墙，明月含羞来领航。
秦岭甘霖流福地，碧波荡漾润粮仓。

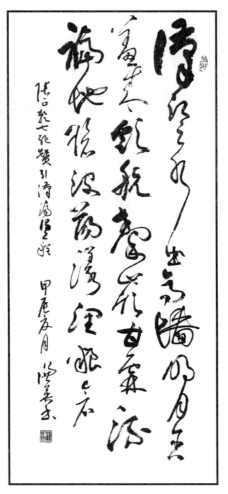

书法作者：王谦英

秋回故居

故居竹茂掩人烟，半亩庭园绿蔽天。
不见自家茅草屋，但闻竹苑鸟争蝉。

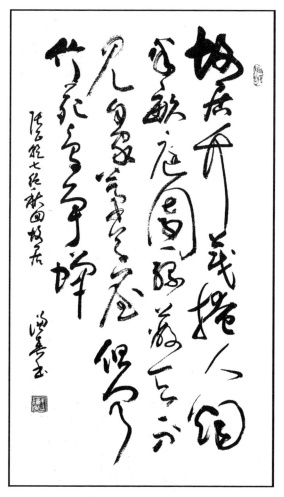

书法作者：王谦英

伊犁情思

独怜幽草绿丛生，牛马充盈百鸟鸣。
壮士孤居边戍屋，闲宵常伴弄枪声。

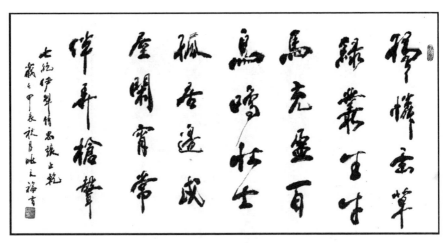

书法作者：姚天福

神游

春英花季踏神州，历尽沧桑染白头。
耄耋之年关不住，神游天下绝忧愁。

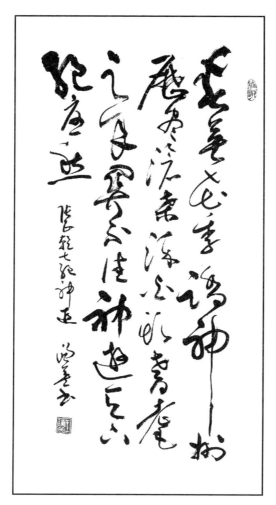

书法作者：王谦英

长安之春

汉武雄风霸五洲，一朝千古绝忧愁。
长安此刻春妍好，诸主云来解隐忧。

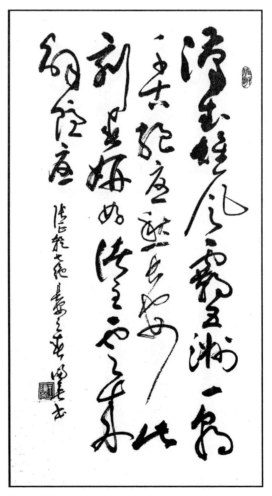

书法作者：王谦英

出西塞

大漠余晖如剑猴，云霞万里似祥流。

沙涛滚滚埋忠骨，莫让胡风袭戍楼。

书法作者：杨辉

题郎春作家《班超传》

西陲守塞十春归，魂绕班超壮大威。
半世忧寻雄国道，一书明志更光辉。

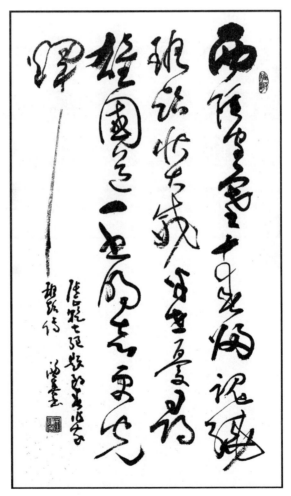

书法作者：王谦英

博格达峰

奇峰高峻守边尘，瑶雪渊泉润万民。
谁说塞垣孤鹫立，寒霜来袭雁雄新。

书法作者：李登武

脊梁

拔刃倾身挡沤霜，寒风来袭做衣裳。
山河遇敌求披甲，自古忠良善政纲。

书法作者：昝顺芳

江上行

滚滚长江居大海，滔滔心语著诗魂。
雾中挥手别乡土，梦里愁颜寻故园。

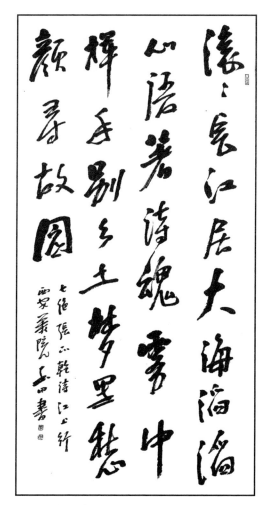

书法作者：李玉田

回师

将军自古善苍生，进退不丢旗下兵。
若是出征登帅阃，回师君主必先声。

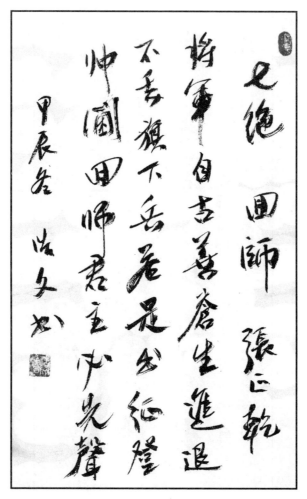

书法作者：张浩文

观涛静思

茫茫大海泛波间，波浪高腾隐隐山。
欲使行舟游万里，破除暗石我悠闲。

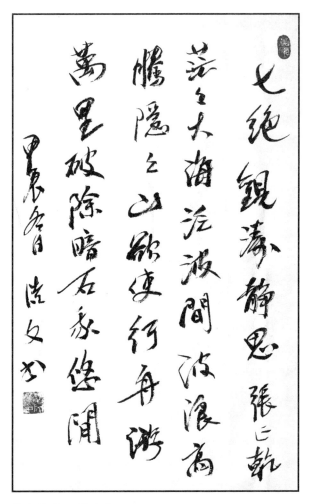

书法作者：张浩文

冬游果子沟大桥

昔日天骄踏雪鸿，今朝飞驾赏云风。
巨龙腾雾染霜色，丝路雄关耀彩虹。

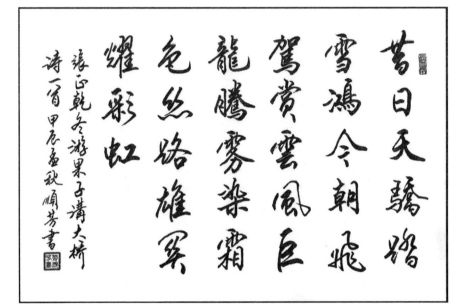

书法作者：昝顺芳

雪海孤屋

狂飘孤屋炊烟湿，密洒戍楼弓力微。

雪海晚来堪画处，牧人马背雪裹归。

书法作者：伏海翔，中国书法家协会会员。

夜闻飚车声

日落西山四海清，繁星点点隐天城。
碧纱人静枕鸳寝，铁马狂人弄吼声。

书法作者：昝顺芳

瞻仰马氏冢

孤冢厮揠漳水湾，护全沃土在人间。

太公神主巡天宇，马氏忧民守故山。

【注】（1）马氏冢：指位于陕西省扶风县午井镇田家河村东边、小漳河岸南边、扶风飞凤山西边山脚下的"马氏冢"。冢即大墓。相传姜子牙夫人马氏，寿终以后，姜子牙经过掐指神算，说将夫人马氏的棺椁放入水中向下漂流，棺椁在何处停下不走，就将夫人马氏的棺椁葬于何处。当棺椁漂到今扶风县田家河村的小漳河河床的一个漩涡处时，停下不走了，姜子牙便命人在漩涡的南岸修建坟地，将夫人马氏棺椁下葬。3000多年来，小漳河河道无论如何变迁，从来没有向小漳河的南岸边延伸。当地老百姓流传说，这都是神仙姜子牙在天保佑"水不南移"。

（2）厮揠：意思是抵住，顶着。喻指马氏冢顶着小漳河河水不向南冲刷。

（3）太公神主：指姜子牙。

（4）故山：指故乡。出自唐·李白《酬张卿夜宿南陵见赠》：一朝攀龙去，蛙黾安在哉。故山定有酒，与尔倾金罍。

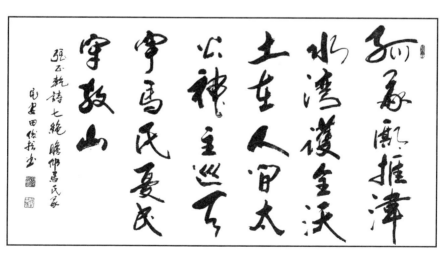

书法作者：田俊哲，曾任新疆喀什市书协副主席。

游扶风飞凤山

潍河峡谷造涵洞，仿佛天空坠彩虹。
飞凤山巅涛激涌，渭河之水醉乡翁。

【注】涵洞：指宝鸡峡水利工程途经扶风小漳河峡谷的引水隧洞，使渭河水从飞凤山东侧南塬俯冲沟底，直冲北塬，空中俯瞰犹如天宫彩虹坠入关中大地。

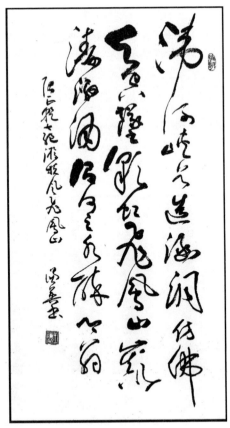

书法作者：王谦英

忆长安

千年帝阙多兵事，醉卧长安忆道流。
皇迹墙匡珠彩绣，勿忘安史破宫楼。

书法作者：杨辉

咏叶

丝缕相连浮碧玉，遮光蔽日郁沧田。

游夫欲得桃林网，莫逆恩慈无愧天。

书法作者：杨辉

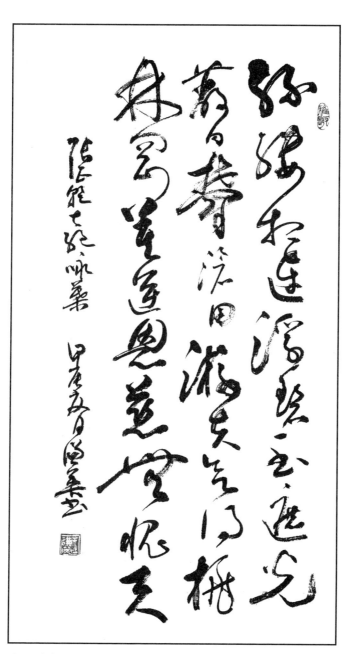

书法作者：王谦英

颂剑

悬在朝堂镇百官，佩身能使贼心寒。
铸军可御敌千里，谋国方能斩乱端。

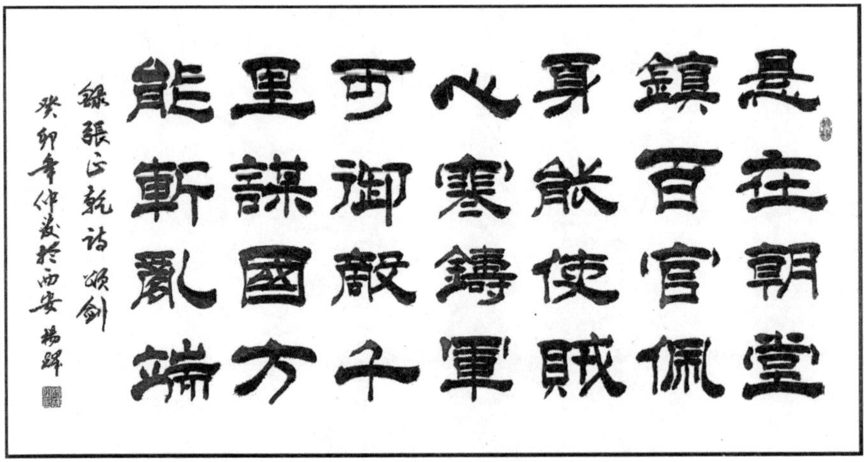

录张正乾诗 颂剑
癸卯年作发於西安 杨辉

书法作者：杨辉

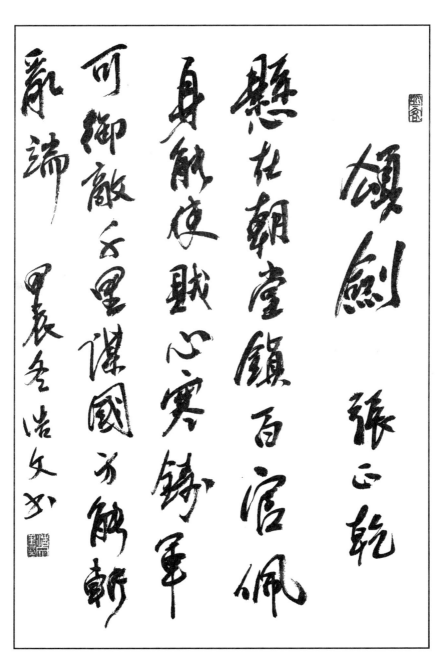

颂剑 张正乾

悬在朝堂镇百官，佩
身临夜战心实铸军
可御敌千里谋国方解斩
祸端 辰冬浩文书

书法作者：张浩文

游夏塔祭公主

晓日烟霞照公主，孤坟零落草原春。

忽闻河岸马蹄响，疑是当年征战人。

【注】孤坟：指细君公主死后葬在昭苏县夏塔乡玛热勒特沟口的夏塔河西岸孤零的土坟堆。

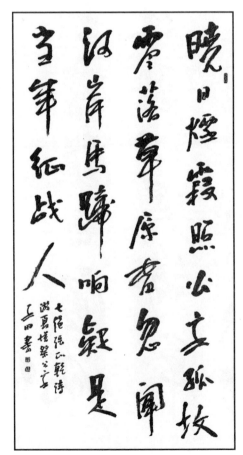

书法作者：李玉田

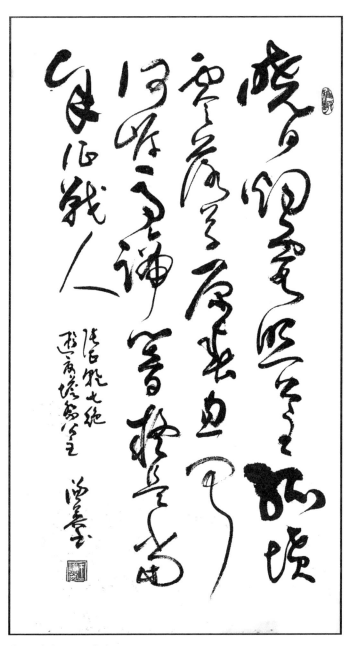

书法作者：王谦英

无题

远居山腹绝憸人，四野空空不染尘。
幽隐烟林沉醉语，鸟花作伴永芳春。

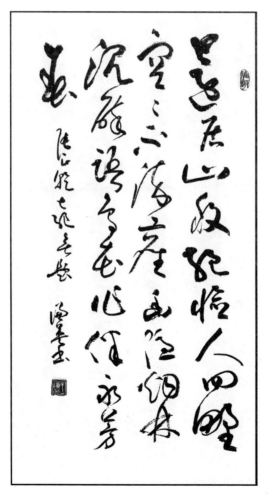

书法作者：王谦英

游西安古城墙有感

千载皇都射帝猷，秦砖汉瓦写风流。
汉唐盛世纳贤杰，四海五洲来觐游。

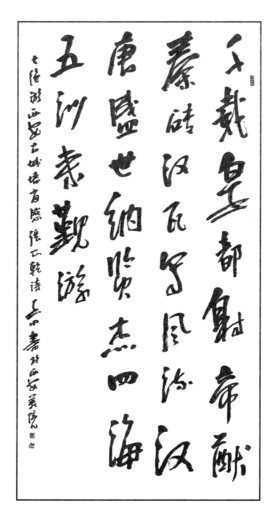

书法作者：李玉田

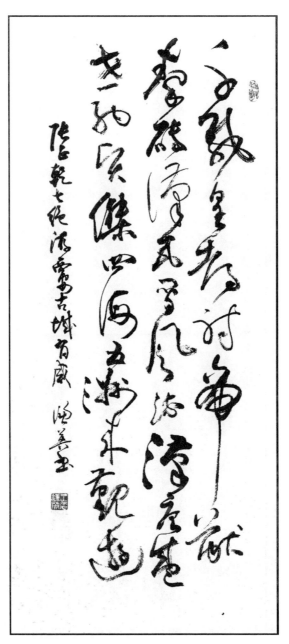

书法作者：王谦英

云上飞

茫茫云海趁风飘，滚滚烟波涌怒潮。
腾雾览观星宇阔，重霄万里觅琼瑶。

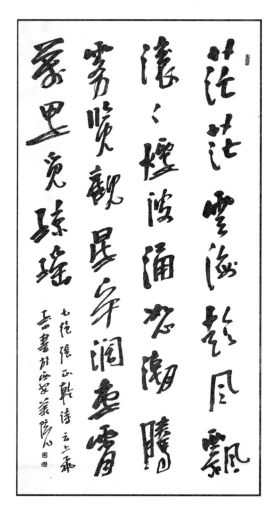

书法作者：李玉田

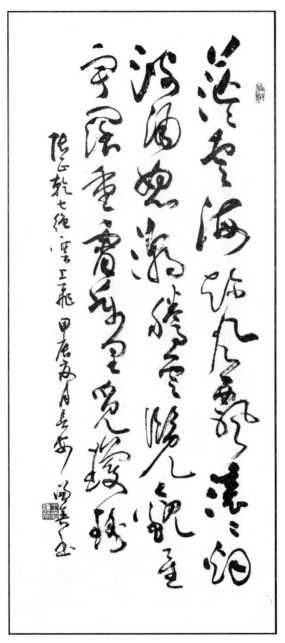

书法作者：王谦英

咏椰树

身姿矗立顶青天，笑傲烟云腰下悬。
敢约狂风舞龙剑，能藏甘露润心田。

书法作者：王谦英

题华光礁一号

丝路航途潮怒骤，波涛滚滚月华稠。
滔滔江海卧孤艇，出浴沉船载世秋。

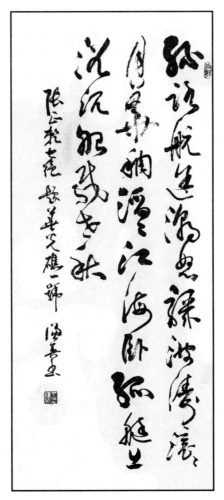

书法作者：王谦英

咏眼

柳叶分身挡垢尘，一泓秋水最精神。
莫愁乱色使人惑，只怕苍天不见民。

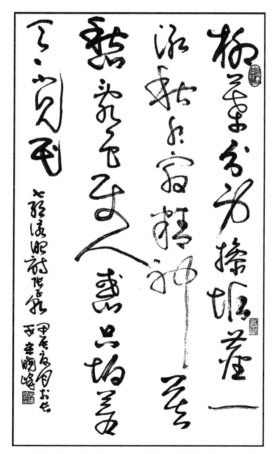

书法作者：宋晓峰，西安美术学院二级教授、博士生导师、博士后合作导师，中国美术家协会会员，国家艺术基金评审专家，西安市人民政府首批签约画家。

咏摄影

倘若镜头能照像，抱持怀里怎无形？
若言照像靠光影，何不抬头瞻日星？

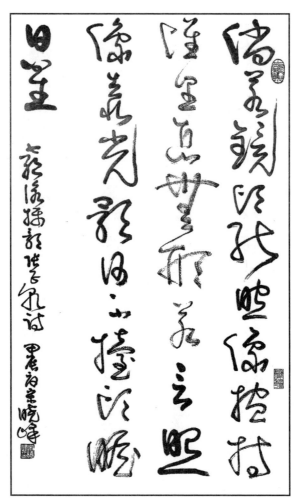

书法作者：宋晓峰

观涛静思

寰球激荡战云浮，蛇鬼安能乱国谋。
摧折朽枯惊世界，民心所向定神州。

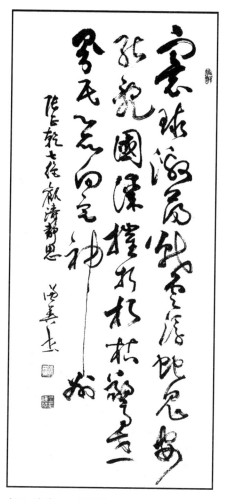

书法作者：王谦英

深秋再探夏塔古道

霭雾蒙蒙隐雪峰，翠禽低语伴凉风。

迂回峡谷多诗景，清澈溪流叹化工。

险壑纵横松柏茂，奇花明艳蝶蜂匆。

玉霄极目盼晨旭，夕照登高赏骏雄。

书法作者：李玉田

拜林则徐伊犁惠远旧宅有感

当年贬谪国人知，旧宅我来吟颂词。
古木应知爱民意，犹阴渠水润边陲。

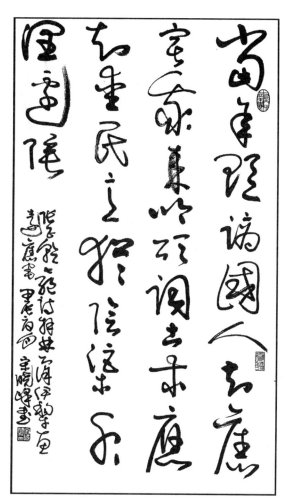

书法作者：宋晓峰

探寻唐王城

千年古镇卧荒漠，落日伴吾寻断魂。
西域门墙关世局，江山万代永图存。

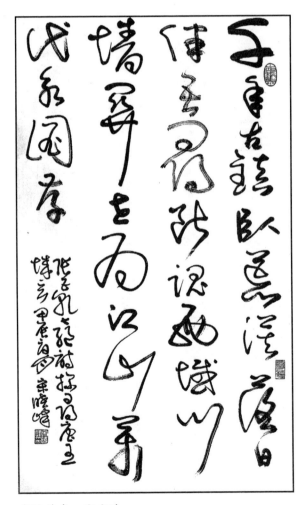

书法作者：宋晓峰

登伊犁河源边防哨所

云隐天山不见营，雾中寒暑宿边兵。
源源溪水润枯槁，净海无风月影明。

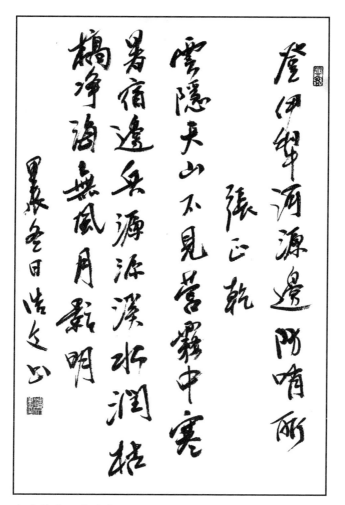

书法作者：张浩文

静思录

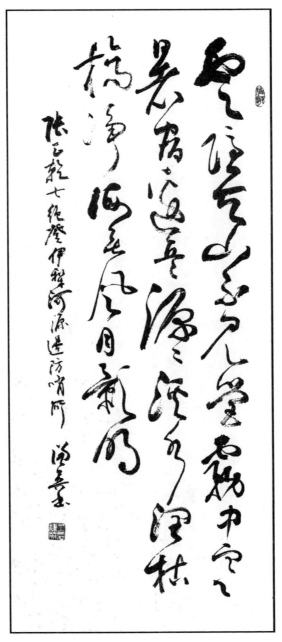

书法作者：王谦英

游大唐芙蓉园有感

桃花屋下风姿绝，金玉亭前舞袖新。
游客谁知豪杰志，诗魂山上竟无人。

书法作者：王谦英

游寺院有感

肥腴厚土生嘉树，贫瘠山田不产粮。
欲使堂前花木茂，放怀莫妒纳贤良。

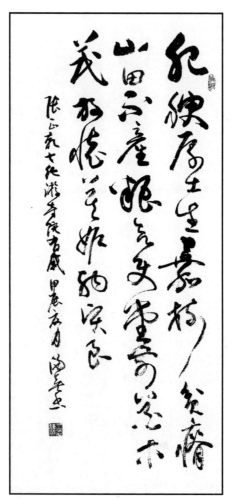

书法作者：王谦英

游关中民俗艺术博物院

七宅八荒无美景，十家九户少传人。
五台山下汇名迹，犹似龙宫藏宝珍。

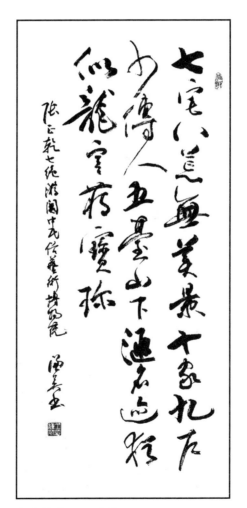

书法作者：王谦英

夜宿扶风老县城

孤城草树锁云霞，馆舍空空窗日斜。
飞凤山巅鸡唱晓，惊醒古屋我家花。

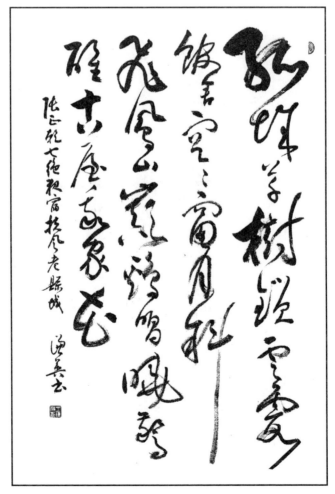

书法作者：王谦英

"双石"奇遇记

赤心报国守边城，天造化工安众生。
双石幽幽玄妙境，恢宏画卷自然成。

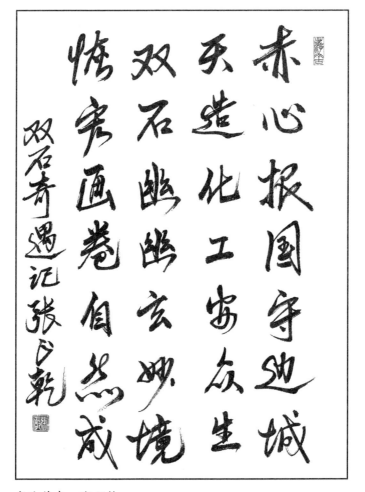

书法作者：张正乾

第二章　散文随笔选编

我和猎隼有个约定

十多年过去了，我怎么也忘不了那一双机警而敏锐的眼睛。

那是我在新疆伊犁河谷守防的第三年，初春的一天，我去边防检查工作。车缓缓地行进在巡逻路上，突然，从车窗向前望去，在巡逻路中间不远处一个微微颤动的小东西跃入了我的眼帘，走近些才看清，原来那是一只孵化不久的小鸟。驾驶员把车小心翼翼停靠在路边，我下车轻轻走过去。它只有麻雀样大小，全身毛茸茸的，羽毛还没有长全，眨巴着骨碌碌的大眼睛，警惕地望着我。周围没有大鸟护卫，这个小家伙估计是被妈妈遗弃了，或是不法分子偷盗捕捉导致它失去了妈妈。我担心这么小的它会被其他动物吃掉，于是慢慢靠近它，将它爱怜地捧在手中。它无法躲避，只能很无助、很惊恐地看着我。瑟瑟发抖的小身体碰触着我的手指，让我的心里顿然一阵酸楚。我将它暖在怀中带回车里。从边防返回时，这只小鸟随我回了家。从此，我的生活中多了这样一个小伙伴。

它慢慢长出了羽毛，怎么看都不是一只普通的小鸟。我慢慢才发现，它居然是一只猎隼。它属于大型猛禽，被列入《世界自然保护联盟濒危物种红色名录》，被我国列为国家一级保护动物。猎隼被誉为"鸟类短距离飞行之王"，其时速可达 380 多公里，比我国的高速列车还快。自古以来，它就很受勇士们的崇拜。它不像一般的鹰鹫，捕不到猎取的目标就放弃，自行飞走，而是捕不到目标誓不罢休。猎隼的这种一般禽鸟所望尘莫及的特点，使它的身价倍增，高得简直令人不可思议！在阿拉伯，视猎隼为至宝，把它看作财富和身份的象征。

　　起初，我没有什么饲养经验，更不懂得猎隼的生活习性，只是在每天上下班前后，将肉切成丝放在盘中喂给它。可几天过去，它却一点没吃，我心里实在着急，担心它不吃食无法活下去。

　　有一天，我将它捧在手里，只要我的手指头一动，它就马上用那尖尖的喙在我的手指头上猛啄一下，哪个手指头动弹，它就会迅速地啄过去。我一下子明白了：猎隼喜欢吃活动的食物。我试着将肉丝用手指捏住在它眼前摇晃，果然很奏效，每当指尖稍一晃动，它就会迅速啄来，将指尖上的肉丝啄去。于是，我每天都拿肉丝或肉片在它眼前晃动，引诱它进食，并且逐渐适当加量。

　　我上班走了，这只小猎隼就站在电视机上一动不动。当我回家刚一开门，它就飞过来落在我肩头跟我亲热，顺着我的胳臂蹿上蹿下，我的手能伸多高，它就站多高，中指是我手伸出去最高的地方，它就站在中指尖上，从不示弱。一点点的它开始在茶几、书桌、空调上来回跳跃，开始尝试着飞行，有时重重地摔下来，但又会继续起飞。看着它一天天的变化，我真正理解了高山雄鹰的含义——经风雨、历磨难，站得高、看得远。

　　一转眼，一个多月过去了，小猎隼长大了，食量也增加了。从一开始吃一点点肉丝，到一天要吃将近一斤的牛羊肉。这时候，我们已经相处得很融洽了，它成了我生活中的重要成员，它也好像习惯了与我为伴。白天我去上班，它就守在家中，当我一回到家，它就立刻飞落在我的肩上，我走到哪里，它就跟到哪里，一刻也不离开。当我看电视时，它就落在电视机上骨碌着眼睛看着我。我担心电视机发热烤着它，就找来一根长长的弯弯曲曲的树根，插在电视机旁边的花瓶中，高出了电视机一大截。它非常喜欢，从此这根树根就成了它栖息的地方。

一个月后的小猎隼

　　一次，我出差一个多月，委托战友照看小猎隼，可它因为对陌生人很警惕，一连飞出去好多天没有回来，搞得战友很着急，我也担心以后再也见不到小猎隼了。可当我出差归来，在家门口刚下车，小猎隼不知从何处即刻飞到了我眼前，又落在了我的肩头。那份失而复得的久别重逢，是老友相见都无法形容的感觉，让我又惊又喜。啊，我的小猎隼，我的小伙伴，并非想象中的无情无义。进家后我兴冲冲端来一盘肉丝，照样把肉丝捏在手指上引逗它。吃饱后它依旧落在电视机旁的树根上看着我，我也静静地盯着它。那双骨碌碌的大眼睛睿智机警而又富含深情，仿佛是在向我诉说着分别后的思念和孤单，又像在为与我相逢而兴奋。

看着它，我突然想起了曾看过的文字记载，说猎隼出生后见到的第一个人，它会永远记在脑海里，并永远成为它的朋友。那一刻，我忽然被它所感染，心中涌满异样的感动，工作的劳累瞬间一扫而光。我顺手端起相机，拍下了它站在弯弯曲曲的树根上神态安详、静观万物的姿态……

以后的日子里，我们仍像往常一样快乐地相处着，后来我突然想：应该把小猎隼放回到大自然中去，让它去获得更多的自由，我想看着它在蓝天中展翅翱翔的样子。我挑了一个晴朗的日子，小猎隼好像很懂我的心思，一大早当我打开房门和院子的大门时，它如箭一般从房中飞出，穿过门前一片树林。我紧追一阵，望着它在高高的天空上下升腾，像是在道别，又像是在展示它飞翔的技能。它在院子上空来回盘旋一阵，而后向更高更广阔的天空飞去。在浩瀚的天空中，我的小伙伴挥动着矫健的双翼，不受羁绊地自由翱翔着，它找回了属于自己的大自然。

我以为我和它的故事至此就结束了，然而在不久后的一天，我像往常一样下班回家，刚进院子，就看到了小猎隼在屋顶上方盘旋，看到它就像是看到了老朋友一样，感到无比亲切。原来，小猎隼已经把这里当成它的家，已在屋顶上的小通风口中筑巢产蛋孵仔。以后每年小猎隼都会来这里孕育新的生命，直至我离开伊犁。

在我回到故乡的数年里，每当我看到那张珍藏着的小猎隼照片时，常常会情不自禁地想起在边防巡逻时的情景，想起这段往事。后来更令我动容的是，故事并没有结束。

2013年秋天，我重返伊犁。那一天，我一下车就奔向我曾住过的地方。我永远也忘不了当时的情景：刚进院子，屋顶上空就有数只小猎隼在盘旋，而凌立在屋顶上的，正是我日夜思念的那只小猎隼。它老练而健壮，安然地看着小猎隼在盘旋、飞翔，并不时向我深情张望，那双睿智机警的眼睛依然如故，像极了当年的情景。

我想，当这批小猎隼长大后，又将会在此地扎根安家，繁衍出新一代的生命来……

虽然我离开了伊犁，但这里永远是它的家，这是我们之间不用诠释的永恒约定。

（此文发表于《伊犁晚报》2014 年 5 月 7 日，《伊犁河》2014 年 9 月 1 日第伍期。2022 年获西部散文学会、中国文联主管的《神州·西部散文选刊》编辑部联合主办的首届刘成章散文奖入围奖，获 2018 第四届"中华情"全国诗歌散文联赛金奖。）

神奇的双足石

不到新疆不知道祖国之大，不到伊犁不知道新疆之美。

1999年5月，我调到新疆伊犁军分区工作。伊犁，天山北麓一方神奇的"风水宝地"。这里有满眼的绿，漫山的红，峻拔的峰，辽远的净。一望无际的草原，好似毛茸茸的绿毯，依山走势包裹着苍茫大地，辨识不清的各样鲜花，随季节的变化绽放出娇艳和妩媚，镶嵌在草地、山谷、岩石、溪流之间，每一处风景在季节的交替里生机盎然如梦幻一般；成群结队的牛马羊散放在辽阔的草原上，像是天神的眷顾，绵延不绝；郁郁葱葱的天山雪松，犹如无数将士扎根在天山南北，伫立于皑皑雪山之巅，守卫着祖国的神圣领土，显得格外美丽雄壮。

在伊犁边防工作十年，我踏遍了伊犁边防的山山水水，沟沟壑壑，丛丛林林。我深感祖国之大，但没有一寸多余的土地；戈壁沙漠虽多，但没有一粒多余的沙石。守好祖国的每寸土地、每粒沙石是我们边防军人神圣的使命，是每名将士终身的荣耀。

伊犁的自然风光让人美不胜收，而那里鬼斧神工的天造奇石更是让人难以忘怀！

因工作原因，我常常到伊犁河沿岸实地考察。每年入夏之时，雪山融化，河水暴涨，河堤溃塌，水流会将河里的石头冲到边境线之外去。每每这时我的心里就很不是滋味，情不自禁地去河边捡石头向国界里边扔。虽然这个举动此刻在这里说出来会让人嗤之一笑，那是因为他们没有踏足祖国的边境，没有看着界碑的震撼，没有身临其境地站在河边、看着河床中滚动的石头被冲向下游时内心那种莫名的惊悸和自私。时间长了，我也因爱国而养成了爱石似宝的习惯。只要下基层，看见河流就会停下来在河边走走看看，当发现美丽的石头就想捡起来瞧瞧，有时还会把钟爱的石头带回家中，立于窗台摩挲凝视，常常回想起边防线上戍边战士的点点滴滴。

有一年开春，伊犁河谷连续高温，雪山上的积雪融化，伊犁河水暴涨，水流湍急，漫河漫川倾泻而下。为防止沿河两岸各族群众生命财产受损，我奉命参与防洪协调，紧急转运沿河两岸群众，组织人力加固河堤，确保河流两岸人民群众生命财产的安全。在完成任务撤回营房时，沿河岸向回走，习惯性地边走边看，不经意间被一块小石头绊了一下，我没好气地朝脚下瞥了几眼，忽然觉得这块小石头有点奇怪，好像石头里边有啥东西，就捡起来朝另一块小石头上轻轻一磕，没想到很轻的力量让石头分开成了两半。我拿起一半一看，很像是一只小脚丫，赶紧捡起另一半，竟然凑成了一对小脚丫。我乐了，摔开的两半石头很均匀，很对称，合起来天衣无缝，捧在手里仔细瞧，简直太神奇了，真的是一双小孩子的小脚丫，很可爱，两只小脚心还有对称的一颗小黑痣。自然断开的石面除了周边断面粗糙与我们平常见过的断石面相似外，中间断面形似双脚掌面的部分虽未经打磨，却特别光滑，有一种天造石包脚的神秘感！

我见过无数自然界的断面石，没有一块断石面有这么光滑，手摸上去没有粗糙的感觉，就像摸到了小孩子的脚掌，光滑细腻，浑然天成，似乎是上天早就造好的，只是合拢放在那里让我去捡一样！真可谓神足矣！

在我回到故乡的数年里，每当看到那双神奇的双足石时，常

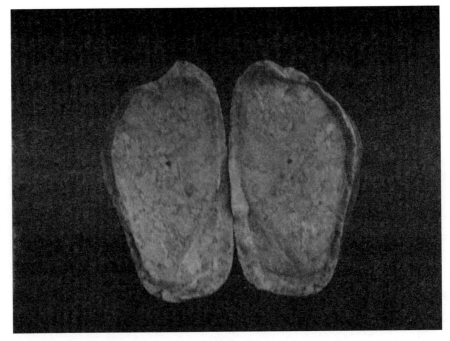

双足石

常会情不自禁地想起边防将士爱国奉献的感人故事，想起边疆各族人民共建家园的一幕幕感人场景。双足石不仅见证着伊犁这片土地的神奇，还是我无数奇石收藏中的最爱，更是伊犁这片土地馈赠于我的永远的怀念。

我爱双足石，我更爱伊犁这块神圣的土地！

（此文发表于《解放军报》2018 年 11 月 11 日，获 2019 第六届"相约北京"全国文学艺术大赛一等奖。）

雪野独狼

我在新疆雪域高原、荒漠戈壁工作了近四十年，其中在边防一线施工、守防十多年。其间，曾遇见过野棕熊、野雪豹、野羚羊、野马、野驴、野生北山羊、野狼、猎鹰、鹰鹫和野鸡等众多野生保护动物。许多年过去了，在我的记忆里留下最深刻印象的还是与野狼在茫茫雪野中斗智斗勇的那段经历。

2008年11月23日下午，我在伊犁哈桑边防站检查完工作，沿着巡逻路乘车前往松拜边防站，行进20多公里时，忽然发现在巡逻路右侧路基不远处，有一匹酷似狼的动物，两只爪子狠劲地在雪地里刨挖着什么，白雪挟带着土被狼爪子刨出。我初步断定这是一匹野狼。看到如此情景，出于边防军人的职业敏感，我立

巡逻路上的野狼

即让驾驶员小张停下车。担心被它发现，我屏住呼吸，与紧随我一同下车的小张轻手轻脚地向它后侧一山包绕行。我们猫着腰一点点靠近它，待走近些一看，果然，是一匹野狼。

我看着野狼正狠劲地在雪地里刨挖，把冻得像冰一样的雪地挖出一个脸盆大小的深坑。野狼刨挖得很起劲，尽管爪子都磨破了皮，白白的雪地上已有了鲜红的血迹，但它仍不放弃。我暗自在想，它在茫茫雪地里下如此大的功夫到底在刨挖什么呀。难道是不法分子在边防线上埋藏了什么物品？还是坏人在此作案埋藏了能够使野狼充饥的食物？

天山腹地的伊犁河谷，每年冬天都有群狼下山袭击咬死咬伤羊群的事件发生，有一年因狼害死亡的牲畜高达3000多头（只）。由于野狼受法律保护，不能随便捕杀，当地牧民常常求助政府驱狼保羊，我也曾多次参与协调当地武装民兵参加驱狼保羊的工作。

看着眼前的野狼，不由得使我想起小时候曾经与野狼相遇相斗的一段经历。那是1973年秋季，当时的我还不满十五岁，因家境贫寒，为了解决家里吃粮的困难，父亲喂养了两只小山羊，专门给村子里缺奶的孩子挤奶喝，以此换些粮食。我常常在放学后去村庄后边沟里的小漳河边给羊割草。一次，当我把割的草装满背篓，弯下腰正准备背起背篓时，忽然从芦苇丛中嗥叫着蹦出一匹凶狼。我大吃一惊，慌了一阵后又瞬间恢复镇定。因原来经常听大人们讲起山里闹狼的故事，多多少少知道该怎么对付狼。狼在危急之时首先用它锋利的爪子抓伤人的面部和眼睛，我也见到过被狼咬伤的一些终身残疾人——狼咬儿。想到这些，我顺势从背篓中拿起镰刀，不停地在胸前挥动着，首先保护好自己的眼睛不受伤害，保证能够看得清、打得准。那一刻我似乎忘却了害怕，只是把野狼视作山里的一条野狗，两眼紧紧地盯着射着凶光的野狼眼，高喊着："救人啊！救人啊！"并毫不退却地向野狼逼近。我的镇定和勇敢使野狼停止了前进。它静静地盯着我，见我离它越来越近，扭头向河岸边的芝麻地里跑去。我看着野狼在芝麻地里一跃一跃地跑远了，我立即背起背篓飞也似的回了家。那是我第一次遇见野狼，也使我有了独自战胜野狼的体会——人不怕狼，狼必怕人，人若怕狼，狼必吃人。

想起这些，我示意小张一定保持镇定。我深知一个人镇定自若可驱走野狼，一支军队镇定自若可战胜敌人，取得胜利。所以古人云"兵在夜而不惊，将闻变而不乱"，指挥员临危不乱、处变不惊、运筹帷幄、沉着应对是克敌制胜的法宝。

十多分钟过去了，野狼刨挖得气喘吁吁，而且很专注。我们继续靠近，以至到了只有五六米的距离，它还未曾发觉我们。此时，野狼似乎已经精疲力竭了，它停下刨挖的爪子，向后退了几步，然后抬起头环视四周。由于我们距离野狼太近，一时无法藏身，所以被野狼发现了，这倒是把野狼吓了一跳。它将头向我方一歪，凶狠警惕的双眼望着我们一动不动。我手里拿着平时备在车上的匕首，脖子上挂着相机。而小张则高高举起从车上带下来的军用十字镐，一旦野狼扑来，会即刻砸向它的脑袋。趁此对峙的间隙，我警惕地拿起相机，一边盯着它，一边迅速地按动着相机快门，拍下了与野狼对峙的珍贵照片。

我有与野狼相遇的经验，深知野狼是以肉食为主的动物，常采用穷追的方式获取猎物，它有非常锋利的牙齿用于将肉撕碎。狼的智商颇高，又十分机警多疑，常通过气味和叫声沟通，在遇到危险的情况下，狼会以仰天嚎叫向群狼发出求助信号，以纠集群狼。狼是群居性极高的物种，一般 5 到 12 匹为一群，在寒冷的冬天最多可达到每群 40 匹左右，狼奔跑的最快时速可达每小时 60 公里。加之野狼正濒临灭绝，被列入世界自然保护联盟濒危物种红色名录，被我国列为国家二级保护动物。狼的凶狠与珍稀，决定了我们既要弄清野狼在刨挖什么，又不能伤害野狼，既要驱赶野狼，又不能被野狼伤害。在这种情况下，我看着野狼，它也盯视着我，它似乎在想如何向我们下爪，我也在想如何对付它的攻击。我小声对小张说，不要怕、稳住神、攥紧拳、鼓起劲，紧盯狼、不眨眼。狭路相逢勇者胜。独狼胆小，群狼伤人。只要没有群狼来，我们一定会吓走野狼的。

就这样，我们与野狼对视了十多分钟，双方都丝毫未动，后来野狼仰着头向天空嚎叫，我知道这是独狼在向伙伴发出求助的信号，心想一旦狼群来了，我们就会十分危险。我一边看着独狼对天嚎叫，一边观察前后的动静，当发现并无其他狼群赶来时，我断定这定是一匹失散了狼群的独狼，看着它那肚皮塌陷、耳朵下垂的样子，更断定它是一匹孤独的饿狼。

饿狼对天嚎叫三声后，开始着急地环视四周，见没有伙伴来时，它低头一步一步慢慢离开刨挖的洞口。我和小张一边观察，一边向独狼靠近，并模拟着发出比独狼更响亮的嚎叫声，那声音响彻整个山谷，连我们自己听了都瘆得慌，全身的毛孔瞬间起了鸡皮疙瘩。独狼见势不妙，加快速度向山谷跑去，边跑边向后回头，我们也紧追饿狼身后，加快步伐，始终与饿狼保持一段距离，采取以静制静，以动制动的方法——狼走我走，狼停我停。狼跑两步停下回头看着我们，我们也停下来看着独狼，就这样狼看我们，我们看狼，反复三五个回合后，饿狼见我们尾随其后，毫不示弱，终于放弃了进攻我们的念想，扬长而去。我和小张也放心地回过头来，到车辆跟前，快速驾车来到饿狼刨挖的深坑察看详情，警惕地用十字镐在野狼挖刨的坑内探寻着，当挖出一只野兔时，我们才放心地离开了，奔向去松拜边防站的巡逻路上……

在我回到故乡的数年里，每当我看到那张与独狼斗智斗勇的照片时，常常会情不自禁地想起边防将士在边防线上巡逻时的情景，想起边防将士与敌对分子斗智斗勇的英雄事迹，想起边疆各族人民群众与边防将士共建共守家园的一幕幕感人场景！我们能有安居幸福的和平环境，正是无数边防将士用他们的鲜血和生命才换得了祖国的安宁、人民的幸福！

我爱边防，我更爱守卫祖国每寸土地的戍边将士！

（此文发表于《文化艺术报》2020 年 1 月 10 日第七版。）

惊魂一刻

有一次，我带工作组到某边防团蹲点。第二天清晨，天还未亮，起床号还未响，我就早早地起床洗漱完毕到营区大院散步去了。

初春的伊犁格外美丽，冬雪融化，大地复苏，鲜花盛开，牛羊成群，马蹄声声，牧人赶着牛羊早早奔赴草原放牧。空气中洋溢着淡淡的花草香，随着微风吹来，阵阵花香扑面而至，纯净的空气无一点尘埃，让人心旷神怡，使人陶醉。远远望去，高山上还堆积着厚厚的雪，山腰间挺拔的青松郁郁葱葱，草原上虽说积雪还未融尽，但已是山花烂漫，一眼望去犹如一幅包含春夏秋冬的四季图，让人惬意悠然，绵绵舒畅。营区内一排排高挺入天的杨树像威武的战士列队屹立在道路两旁，显得格外精神，富有生机。杨树的枝条上长满了翠绿翠绿的嫩叶，随着春风吹拂，小小嫩叶唰唰作响。我漫步在营区内的主干道上，春风中略带一丝凉意，但却让我感到春风似乎在轻轻抚摸着我的脸庞和发丝，让我全身心地放松，倍感轻松。清风犹如清泉入心，让人神清气爽。

当我散步到团弹药库大门口时，发现大门口的哨兵脱哨了，弹药库的大门虚掩着也未上锁，我担心库房会被坏人偷袭，便进入库区查看。没想到我刚进入库区不到五十米，就听见两声汪汪咆哮，紧接着一条军犬猛地扑了出来。它一声吼叫，在我前后左右顿时蹿出来了九条军犬，将我团团围住，并齐头向我凶猛地扑叫，那阵势就像九根钢钎从四面八方向我刺来。此刻我的头发立马全都竖了起来，浑身上下顿时一阵冷汗直冒。但同时也让我瞬间坚定库房和哨兵是安全的，军犬的吼叫声一定会很快引来哨兵的。可我深知军犬平时都是生肉喂养，而且力大无比，一旦被军犬扑咬，我也将会瞬间被九条军犬咬伤的。

此情此景，不由得使我想起小时候曾经与野狼相遇相斗的一段经历。

想到这些，看着眼前这九条军犬围扑我的惊险情景，我瞬间既惊恐又镇静。惊恐是因为九条军犬在我身前身后、左右两侧死死地包围着向我猛扑猛叫，凶狠得想要吃掉我似的，毫不停歇。九条军犬围在我周围不给我一点退路和逃生之路，个个张着大嘴、露出一排排凶齿，似乎能瞬间将我撕碎成无数块碎片。镇静是因为我有与野狼相遇相斗的成功经验，我随即保持镇静，暗自告诉自己，千万不能慌张、千万不能乱跑、千万不能乱动。

我深知一个人镇定自若可驱走野狼，一支军队镇定自若可战胜敌人，取得胜利。所以古人云"兵在夜而不惊，将闻变而不乱"，指挥员临危不乱、处变不惊、运筹帷幄、沉着应对是克敌制胜的法宝。

此时，我冷静地紧紧握住双拳于腰间，全身上下运足与军犬搏斗的勇气，转动着头，盯着九条军犬的一举一动。虽然九条军犬离我都只有一两米，尽管在我周围不停地扑叫着，但都不再靠近于我。我明白了这是受过正规训练的军犬正在等待诱导员的命令，在诱导员未下达命令之前，军犬只是阻止可疑之人进一步的行动，不管九条军犬如何扑叫，只要我不主动进攻军犬，军犬就不会主动伤害我。我与九条军犬对峙了不到两分钟，军犬的叫声惊动了弹药库的值班干部和哨兵，这时弹药库的值班干部一个箭步朝我跑了过来，只听见他边跑边大声喊着："首长不要动！"

并使劲地连续高喊着，"雷暴！……卧下！……回来！雷暴！……卧下！……回来！雷暴！……卧下！……回来！"顿时，那九条军犬很听话地跑到了值班干部小王的身边，然后九条军犬被小王全部驱走了。

小王陪着我绕库区查看了一周，看到库房都很安全，我放心地离开了弹药库。小王送我出库区大门口时，他调皮地竖起大拇指对我说："首长您真棒！九条军犬围着您都不怕，放在其他人早都已经吓得胆破魂散了。"我笑着叮嘱小王道："犬狼围攻不可怕，可怕的是我们给敌人留下可乘之机。那样我们就严重失职了，就会给党、国家和人民造成无法挽回的损失！"

小王举起右手向我敬礼道："请首长放心，我们一定高度警惕，绝不麻痹大意，确保库区安全！"

弯弯树

在通往县城的路上，长着一棵弯弯曲曲的大树。

谁也说不清那棵弯弯树的树龄有多长，据说至少也有五六百岁了。

弯弯树的树干弯曲着向上生长着，树杈也弯曲地向四周伸展，每根树杈上的小枝杈也是弯曲地向外生长着。弯弯曲曲的大树上树枝紧紧地环抱在一起，已经分不清谁是谁的枝、谁是谁的杈、谁是谁的干了，看上去密密匝匝的浑然一体。

听老人们说弯弯树是一棵神树。附近的村民和过往的行人在弯弯树上绑满了红布条，有的行人还往弯弯树的树缝处塞钱币，祈祷平安健康。远远望去，弯弯树被红布条包裹得严严实实，微风一吹，树上的红布条飘飘荡荡，像是一个燃烧的大火球。

过往的行人谁也不去动弯弯树上的一枝一叶，传说谁动了弯弯树上的一枝一叶，谁就会遭大祸。传说有人曾经砍下弯弯树上的一根树枝想回去做拐杖，但拐杖还没有做成，他在地里收割完小麦回家时一条腿就被马车给轧断了。还有人曾捋了弯弯树上的树叶想去喂羊，结果没有回到家两只眼睛就全瞎了。

弯弯树越长越大，枝叶茂盛，树冠如盖，招来了不少飞鸟，有的鸟还在树杈上垒起了鸟窝。过往的行人都喜欢在弯弯树下乘凉避雨、歇脚休息，但谁也不去伤害弯弯树。

改革开放后市场经济搞活，弯弯树下也活跃起来。

有人看中了弯弯树下人员密集的便利条件，于是在树下摆起了摊点，有卖水的、卖冰棒的、卖凉皮的、卖老鼠药的、卖各种农作物种子的、卖农药化肥的，热闹的场景俨然是一个小小的集市。南来北往的行人在弯弯树下买到了自己中意的商品便愉快返回，不再去县城。

由于弯弯树是村民们敬奉的神树，常有好心人给弯弯树浇水施肥，弯弯树长得越来越大，裸露出的树根又粗又壮，且也都弯弯曲曲地相互交错着伸展到地面上，成了行人席地而坐的天然的"小凳子"。

弯弯树下做生意的人越来越多，生意也越做越红火，各种不法商贩也乘机云集到了弯弯树下，贩卖起了假冒伪劣产品，坑害过往行人。做假买卖的人只要赚了钱，就跑得无影无踪。受骗的人们气愤地把买来的地沟油、假农药、假种子、假化肥、假食品等假冒伪劣商品挂在弯弯树上以表示不满。

不知何年何月，弯弯树的树干中间进了水，偌大的树干下部慢慢地开始腐朽变空，形成了一个大大的树洞。有人说树洞中间钻进去过癞蛤蟆，常常夜里有癞蛤蟆的叫声。后来又有人说树洞中间还钻进去过一条大蟒蛇，吃掉了癞蛤蟆，再也听不到癞蛤蟆的叫声，但谁也没有见过癞蛤蟆和蟒蛇。

一年夏季，正是农忙的收割时节，天空突然黑云密布，电闪雷鸣，暴雨似倾盆倒下，附近的行人跑到弯弯树下避雨，突然间一声巨响，天空中一个巨大的火球砸向了弯弯树，弯弯树的树干瞬间被雷电击得粉碎，树冠上也燃起了大火，弯弯树被烧得干干净净。

事后，有人说弯弯树是被雷电劈了，当场被雷劈死的就有几个曾卖过假冒伪劣商品的商贩。

自此后弯弯树消失了，过往的行人没有了歇脚休息的地方，制假售假的商贩也失去了害人坑人的场所，附近的村民从此也清静了许多。

（此文获 2024 年"春光杯"当代生态文学大赛一等奖。）

伊犁河谷银杏第一树

二十多年过去了，我依然忘不了战友送给我的银杏果。

1999 年 5 月，我从陕西省西安市调到新疆伊犁军分区工作，一个多月后，不幸患上了严重的高血压病。那时，我刚四十岁出头，年富力强，精力旺盛，从来不知道什么是高血压病，还是检查身体时发现的。

刚到伊犁的那段时间里，我每天都头疼，感觉有无数根弹簧从头里向外顶，有时头疼得像是要炸裂似的，每天睡眠只有一个多小时。由于长期睡眠不好，且睡觉时做梦不断，有的梦一连几天连续做，有一种电视连续剧的感觉，一集接着一集。常常梦见自己从一个山头飞到了另一个山头。白天走起路来也感到轻飘，看东西似乎都在动着。尤其是当我坐在办公室的沙发上看着地面上的水磨石地板时，仿佛那镶嵌在水磨石地板里的一粒粒小石子在地板上上下跳动着。我有时指着水磨石地板问战友："里面的小石头动不动呀？"战友回答："不动啊！"我装出若无其事的样子不作声，心里暗自在想：我有特异功能了？别人看不到的事物我能看到了？哲学上讲的物质的运动是绝对的，静止是相对的，我真的看到了绝对运动的物质，心里有一种怪异的喜悦。

一次，我带机关几名同志去乌鲁木齐博格达宾馆开会，大家发现我走路左右摇摆站立不稳，赶紧陪同我到宾馆医务室测量血压，才发现高压 180、低压 130。当时为我测量血压的医生对血压计都产生了怀疑，一连换了 6 个血压计，测量结果都是同样的数据，最终确诊我患有严重的高血压病，随时可能有生命危险。

后来我的病情在单位传开，干部战士给予了我多方面的关心。2003 年年底，江苏籍战友窦智回老家探亲归队时，听说银杏果能治疗高血压病，就专门从泰州老家给我带来了两公斤银杏果，叮嘱我每天喝水时泡几粒，然后吃掉。一段时间后，血压明显得到控制，发现银杏果确实不错，我于是就研究起了银杏树。

自种的银杏树

银杏，为银杏科植物，始载于《日用本草》，银杏除去外皮作种子，种仁既可入药，又可食用。《本草纲目》中谓银杏："原生江南，叶似鸭脚，因名鸭脚。宋初始入贡，改呼银杏。因形似小杏而核色白也，今名白果。"银杏树在地球上已生存了 3.5 亿年，是现存最古老的孑遗植物，被称为"活化石"。银杏为叶、果、材多用之优良物种，具有很高的经济价值和生态效益。银杏树龄长达千余年，相传因在夜间开花，人不得见，暗藏神秘力量，因此，许多民间镇宅的符印要用银杏木来刻制。银杏树的种子俗称白果，因此银杏又名白果树。银杏树生长较慢，寿命极长，自然条件下从栽种到结银杏果要二十多年，四十年后才能大量结果，因此又有人把它称作"公孙树"，有公种而孙得食的含义，是树中的老寿星，具有观赏、经济、药用等价值。

我想伊犁河谷与陕西关中一带海拔高度差不多，西安能栽种银杏树，伊宁也应该能栽种。如果能在伊犁河谷大面积移栽银杏树，不但能美化环境，还能给伊犁乃至新疆各族人民群众带来极高的经济效益。为此，2004年初春，我试着将战友带给我的银杏果种于居住的伊犁军分区家属院门前的小菜地，几个月后银杏果就开始发芽出苗了。

两个冬天过后，银杏树苗不但没有冻死，而且一年比一年长势好，差不多有半人高了。清楚地记得，2006年7月20日，我来到伊犁河南岸的伊犁哈萨克自治州林木良种繁育试验中心找有关专家询问伊犁河谷能否栽种银杏树，专家给我讲，银杏树是南方热带名贵树种，伊犁是北方寒冷地区，不适宜种植银杏树，即便从南方引进移栽，冬天也会冻死。我说我已种植成功了，并拿出我种的银杏树苗照片给专家看。专家看后说："从未听说伊犁能栽种银杏树！您可是我们伊犁河谷银杏树种植第一人啊！"随后有关专家随即乘车来到我的住处，实地察看银杏树，当看到已经生长了3年的银杏树时，专家们异口同声地说："这可真是我们伊犁河谷的银杏第一树啊！"

伊犁哈萨克自治州林木良种繁育试验中心

自此以后，随着伊犁河谷大开放、大开发、大发展的建设，银杏树也被商家作为景观树种从内地移栽到伊犁河谷比较温暖的地带。现在到了深秋时节，银杏树叶也给伊犁河谷增添了一道金色的美景。

2012年冬天，我退休离开伊犁军分区时，银杏树已经生长得与院墙一样高了，我看着那棵银杏树，心里有一种难分难舍的眷恋之情。

（此文发表于《伊犁日报》2024年9月30日第六版。）

"双石"奇遇记

二十多年前，我从西安调到新疆伊犁工作。在伊犁边防工作的十年间，足迹踏遍了伊犁的山山水水、沟沟壑壑，伊犁的自然风光美不胜收，而那里鬼斧神工的奇石更让人难忘。

我刚到伊犁不久的一年冬季，有一次我沿着霍尔果斯河（中哈边界河）的我国一侧河岸查看边情，对岸就是哈萨克斯坦。走着走着就发现一块鸡蛋大小、破碎的小石头上有个图案，似乎是水草化石。我把它捡起来端详，上面的图案犹如一幅天山雪景图，白底如茫茫雪海，灵动茂密的水草花纹像天山雪松，有远景有近景，有沟壑有山峰，越看越觉像一幅山水画。我把小石头攥在手中不愿放下，一边察看地形，一边欣赏着大自然赐给人类的神奇造物。

晚上回到宿舍后，越看那块小石头越美。那一刻，我越发觉得作为一名边防军人，守好祖国的山山水水、每寸土地、每粒沙石、每棵草木，责任是多么重大。于是，我找了一个精美的木质小方盒，里面铺上深红色金丝绒布，小心翼翼地将小石头放进去。以后的数年里，我常常把摆放小石头的小方盒放在案头端详凝视。

有一年开春不久，接到出差任务，我来到了霍尔果斯河的另一侧。也是在沿河岸行进途中，我眼前突然一亮，在脚下惊讶地发现我特别珍爱的那块小石头怎么就跑到河岸边来了？难道这块小石头有灵性，它知道我要来哈萨克斯坦，提前给我探路来了？我拿起那块一模一样图案的小石头，百思不得其解。哈方同行者见我痴迷的样子，就说你把它带回去吧。我说我有一块啊，边说边从上衣口袋

两块石头就像一对双生子

里掏出小石头的照片展示。这是我专门给小石头拍的照片，平时就装在口袋里。

到了晚上，我回到营地，急切地打开房门，跑到卧室查看此前我收藏的那块"天山雪景图"小石头还在不在，它是不是真的先我去探路了。带着这些疑问，我慢慢打开存放小石头的小木盒，那块小石头仍完好无缺地放在小方盒里。此时，我把攥在手心中、新捡到的小石头与之进行比对，两块小石头的图案左右对称，几乎一样，就像一只蝴蝶的两个翅膀，外形、颜色甚至拐弯处都非常吻合。当我把两块小石头按照图案形状向一起合拢，竟然严密得没有一点缝隙，像双胞胎，又像一块石头被大自然从中间劈开，成了两部分，沿河去了不同的方向……不管怎样，它们就像双生子，分开多年，此刻幸福团聚了。我不由自主地大喊了一声："同胞情深啊！"并拍下了这一珍贵的瞬间。

（此文发表于《西安日报》2024年12月4日第七版，获第四届"三亚杯"当代华语文学大赛银奖。）

思念的恐龙头骨化石

小时候，我在地里干活，常常能在沟边的土崖中挖出一块一块的像骨头一样的石头，我不知道那是什么，拿回家问父母亲这是什么石头，父母亲告诉我这是龙骨，并用镰刀在石头上连续刮几下，不一会儿就刮下一些像白面粉一样的粉末。父亲给我讲，身体上哪里不小心划破流血了，用龙骨粉不但可以止血，而且还不发炎。

从小时候起，不管是玩耍时，还是在地里劳动割麦割草时不小心用镰刀割破了手或腿上的皮，一旦流血，龙骨粉就成了我最好的止血药，既不发炎，也从未打过破伤风疫苗，我在 1976 年还通过了飞行员的选拔。

龙骨化石原石标本

　　从我记事起，在我们南聂堡村东边不远的坡底下，沿小漳河北岸边有一孔窑洞里边供奉着一尊泥像，村里人都说那是龙王爷，每逢初一、十五，远近的老人、小孩都要去朝拜龙王爷，烧香磕头，献吃献喝，祈祷我们这片土地一年四季风调雨顺，吉祥安康。特别是遇有旱灾，男女老少都要去求龙王爷驱旱降雨。

　　记得有一年还真灵，好久没有下雨，眼看着种在地里的苞谷种子都没有发芽，村里老人都很着急，于是就组织男女老少一同跑到龙王洞给龙王爷磕头求雨，不一会儿天上黑云密布，把村子的天空全部给笼罩了起来，大家赶快往回跑，还没有跑到家，个个都成了落汤鸡。就那一年，我们村子的庄稼收成好于其他地方，大家都说这是拜了龙王爷的结果。

　　几十年过去了，到龙王洞朝拜龙王爷的习俗从未间断过。我一直在想，为什么在我们家乡会有那么多的像骨头一样的石头，莫非我们家乡真的曾经是龙的故乡。

　　多年前，我从部队回老家探亲休假，无意中听说在我们村西边砖瓦厂的地里，砖瓦厂取土时，挖出一块很奇怪的石头——"怪兽头"。我感到很好奇，就追问见过这个"怪兽头"的乡亲。他们给我描述了这个"怪兽头"的形状，我当即判断那可能是恐龙头骨化石。于是我详细地询问了在砖瓦厂干活的乡亲，他们说在砖瓦厂取土时，当挖到地下四五米深的土壤中，不断地出现一节一节的像石头一样的碎骨头，由于谁也不在意，只以为是古代埋过人的墓地，都不去过多地考虑是什么东西。土层挖了30米左右后，出现了一个长50多厘米、宽30多厘米的"怪兽头"，头骨的嘴巴很长，两侧的牙齿像锯齿一样很多，看着挺吓人。于是有好事的人就将挖出的唯一一个比较完整的类似恐龙头骨化石的东西，挂在砖厂的一根电线杆上，用作吓唬来往的路人。大约悬挂了半年时间，有的人觉得很不吉利，于是，在砖厂平整回填垃圾坑时，挖出来的残碎小块化石也被全部回填，又将类似恐龙头骨化石的东西扔在砖厂的废砖垃圾坑中掩埋在了地下。我经过多方寻找，才从一些有心人那里找到了他们收集的想用龙骨化石止血用的小块化石。

几十年过去了，只要我看见那一小块龙骨化石，就会思念那个深埋于垃圾坑的类似恐龙头骨化石的"怪兽头"。为此，我深感落后给进行科学研究带来的巨大损失，深感落后给我们当地经济发展造成的巨大损失，更深感由于落后使我们家乡失去了研究"中华龙"的发祥地。

第三章　友人诗评

这是对人生苦短的深度咏叹
评张正乾《咏短》

张 杰

咏短

晨梦刚醒已夜场，殷红窦绿品秋霜。

春华莫怪暮年晚，眨眼安休供奉堂。

前不久，我读了哈尔滨出版社出版的《当代十八人诗歌选》中诗人张正乾的一首《咏短》感受颇深，为什么这么说呢？一切皆由一个"短"字说起。一个短字不禁让人想到曹操《短歌行》里的诗句：对酒当歌，人生几何？在张正乾先生的这首诗中，重点突出了这个"短"字，仿佛这个"短"是无处不在，无处不有，给人悲戚又无可奈何花落去的感受。下面一起来读读这首诗，逐字逐句分析，感受诗人对"短"的咏叹。

首先来看第一句"晨梦刚醒已夜场"，这是何其之短啊。早上睁眼即到夜晚，时间像是被无限压缩，诗人夸张的描述，有一种人生如梦的错觉，时光匆匆，转瞬即逝。这种瞬间转换的超感官直觉，给人心理极大的冲击，人生仿佛被某种超能力所控制着，不由自主，这是诗人心理感受上的"短"。

接着第二句"殷红窦绿品秋霜"，更是对光阴短暂的写实性描述——从初春的殷红窦绿一下子就品尝起秋霜。刚刚还在欣赏殷红的花朵，品味青绿的叶枝，时间转瞬，就到了秋霜满地。这又是诗人在提醒读者，要珍视眼前的美好，时光一去不返，不要走到无法挽回的地步，那时就追悔莫及了。这是诗人在感叹美好事物的易逝和难以挽留，所以，不要失去后才懂得珍惜。

再来看第三句"春华莫怪暮年晚"，诗人似在告诫人们，年轻的时候不要怪暮年来得太晚，年华老去是不知不觉的，时间的流逝是非常之快的，就像朱自清在散文《匆匆》里对日子的描述那样"逃去如飞""一去不复返"。同样地，年幼的时候嫌时间过得慢，总盼着长大，等到年老时，又觉得日子嗖的一下就没有了。从更深层的意思来说，年轻人应该珍惜的是当下，尽可能地为了自己的梦想而努力奋斗，就不会出现诗里"少壮不努力，老大徒伤悲"的情形。作为年轻人，要有理想有抱负，而不应该把关注点放在不重要的地方，因为世界有其自身的运行规律。当你感叹时间缓慢时，时间已然流逝了。诗人仿佛以自身的经历，现身说法，光阴是短暂的，不要觉得时间过得慢！

最后看第四句"眨眼安休供奉堂"，这句诗可以看作对第三句的解释，年少时不要总怪时间过得太慢，因为一眨眼的工夫，人就会身在供奉堂里。诗人再次极尽夸张的修辞，也只是想告诉人们一个朴素的道理：珍惜时间，光阴易逝，人生苦短。诗人最后利用死亡这个人生终极哲理命题，再一次衬托标题里的一个"短"字。人生在世，如白驹过隙，眨眼之间，气象万千。

诗的正文没有提到一个"短"字，但对时光的描写句句不离"短"。这充分说明了诗人对时光易逝的深刻思考和倍感珍惜。与其说诗人咏的是"短"，不如说咏的是珍惜，这才是诗歌真正要表达的主旨意涵。整首诗没有晦涩难懂的部分，通过对日常、时令、生死深入浅出的论述，极力夸张的修辞之下，道理也随之显现在脑海中，对年轻读者来说，是非常具有教育意义的。同时，诗歌押"ang"韵，令诗的节奏恢宏有力，声韵铿锵，余味悠长，更加坚定了诗人所阐释的内涵。诗歌读起来也朗朗上口，令人有愉悦之感，不失为一首佳作。

（此文发表于《金秋》杂志 2024 年第 02 期。）

征战杀伐亦有人性之光辉
评张正乾《回师》

张　杰

回师

将军自古善苍生，进退不丢旗下兵。

若是出征登帅阃，回师君主必先声。

前不久，我读了哈尔滨出版社出版的《当代十八人诗歌选》中诗人张正乾的一首《回师》，今天分享给读者。这首七绝彰显了人性善的一面。在传统印象里，将军都是百战沙场，杀戮不断，给人一幅血腥的即视感。但在诗人笔下成了另一幅景象，而且是非常正面的形象。这样强烈的对比，有时会让人肃然起敬。人们对正文之士都会有一些特殊的情感寄托，他们仿佛救世主一般，是受人尊敬和爱戴的，在士兵心里也是极其有威信的，这首诗很清楚地说明了这一点。另外，就是爱国的形象，这是一个将军必备的基本素养，在诗中也有体现。下面结合诗句，一一分析。

首先来看第一句"将军自古善苍生"，通过一个"善"字，将军的正面形象就立起来了。这里善作为动词，解释为善待。诗人笔下的将军是一位有良知的人，有悲天悯人的大胸怀，大格局。这样的人肯定是守土卫国的形象，不会主动杀伐抢夺。再看而今动荡的国际局势，特别是最近的巴以冲突，某些人丧失人道，滥杀无辜，造成大量的难民无家可归，无食果腹，无衣蔽体，父母抱着无辜被炸死的孩子痛哭，真的惨不忍睹。战争何时休矣？黎民百姓需要的和平安宁，或许只有诗人笔下这样的将军才能实现他们的心愿吧。

再看第二句"进退不丢旗下兵"，这是诗人笔下的将军带兵打仗的基本准则，有这样的将军是士兵的福音。这一形象，让人联想到电视剧《亮剑》里面的李云龙，带兵冲锋突出重围的时候，当还有战士被困在敌人的包围圈时，又带兵折返营救。这样的将领，试问哪个士兵不愿跟随呢？诗人这句形容李云龙正恰当，这样的将军既是将才，也是帅才，能够得到士兵的拥护。在这样的将军带领下军队战斗力是强悍的，所向披靡的。

接着第三、四句"若是出征登帅阃，回师君主必先声"，这两句需要连起来解读。诗人在此假设了两种情境"出征"和"回师"。这里需要解释一个名词帅阃（kǔn），是指帅府或军事首长。结合上下文来理解，体现了上下级之间良好的关系，反映了领导对这样的将军的重视和关爱。从侧面反映了，这样的将军具有人格魅力，是受人尊敬的。

诗人通过对将军行为品格的描写，刻画了一位受人敬仰的人物，或许，这也是诗人对美好事物的向往之情，也是自身情感的寄托，也是自己的行为准则和追逐的目标。作为有类似经历的诗人，对军人这个特殊职业有着非一般的体验和感受，这是常人无法体会到的。同时，诗中描写的只是军人经历的冰山一角，还有更多不为人知的经历有待述说。诗人用简短的字句高度概括了人物的品行特征，读罢令人印象深刻，期待诗人产出更多类似佳作，以飨读者。

此诗有英雄气，有民族精神，值得推崇
张正乾《咏雄鹰》赏析

张　杰

咏雄鹰

雄霸高山守国畿，翱翔天宇震狐威。

风寒我不添衣甲，谁个虫儿敢筑微。

　　从整首诗的内容来看，这首七绝充分展示了我军威武霸气的一面。诗人咏雄鹰，实质上是抒发对我空军的赞扬情，推而广之，是对人民解放军的赞美之情。正是有这样的威武之师守土卫国，才保证了人民的幸福安康。他们是人民可亲可敬的最可爱的人。诗人一方面道出了他们的职责，另一方面展现了他们的神威，震慑了宵小之徒。最后从军人的角度展现了我方全体官兵的坚毅坚定和优秀品质，这是对军人素养的肯定。末句这个"虫儿"明显有很强的指向性，特指一些分裂分子。诗人从个人的角度抒发了对我军的敬仰和赞美之情，同时批评了分裂势力的丑恶行径，扬我国威，打击宵小，充分体现了诗人的爱国主义情怀和担当，值得学习和效仿。下面，逐字逐句来感受下这首七绝的霸气之处。

　　首先是第一句"雄霸高山守国畿"，这个畿字，读 jī。这句诗重点展现的是如雄鹰一样展翅翱翔的我国空军，在国境线活动，进行巡视，完成守土保国的任务。延伸来看，保家卫国不只是空军的职责，其他兵种同样如此。这就是我国威武之师最令人景仰之处。

再看第二句"翱翔天宇震狐威",同样展现的是我国空军的风采及打击坏人的能力。从某种意义上来说,军演的作用就是军事实力的证明,以及对坏人嚣张气焰的有效压制。诗人涨我军气势,灭坏人之威风,充分体现了诗人的军人情结,很有气势和力量感。

再看第三句"风寒我不添衣甲",这就是军人意志品质的体现。无畏严寒酷暑,不惧怕任何恶劣环境,这就是军人的战斗意志。为了保家卫国,敢于牺牲自我,勇于奉献,将最美的年华献给祖国和人民,可歌可泣。诗人在此向读者阐释了什么叫英雄的人民子弟兵,这就是!

最后第四句"谁个虫儿敢筑微",有了前三句中的军队和军人,试问还有哪个"虫子"不自量力,胆敢冒犯。诗人在这里使用反问句结尾,可谓铿锵有力。

整首诗,充分展现了我国军人和军队的特有气质和精神面貌。诗人咏雄鹰,咏的正是我国军队和军人,展现了我军实力和坚定信念。诗人以大格局和大胸襟,以及开阔的视野,织就了一幅波澜壮阔的图景,有英雄气,有民族精神,值得推崇!

这首诗是诗人特殊情结下的书写
张正乾《伊犁情思》赏析

张 杰

伊犁情思

独怜幽草绿丛生，牛马充盈百鸟鸣。

壮士孤居边戍屋，闲宵常伴弄枪声。

诗人这首《伊犁情思》作于西安小寨陋室，可想而知，这是诗人的怀想之作，是对过去戎马生涯的一种怀念之情。诗歌表现了戍边壮士的孤独。诗人一方面借助环境来表现人的孤独，另一方面从壮士自身的角度来表现这种孤独感。这种由外而内的孤独，让读者感受到了戍边环境的孤苦，对戍边壮士是极大的磨炼，而更进一步来说，他们戍边卫国的意志和坚定是值得所有人学习的。这体现的是一种崇高的精神，是令人肃然起敬的。下面，逐句进行分析。

先看第一句"独怜幽草绿丛生"，这是比较直观表现孤独的句子，此时此地，人以草为伴，仿佛处在一种孤独之中。而此时的人，在孤独中，看什么都觉得孤独，这种孤独不仅是环境中的，更是心理上的。

再看第二句"牛马充盈百鸟鸣"，这一句表现的又是比较热闹的场景，牛和马的奔腾，以及百鸟的鸣叫，显得非常有气势，展现了边疆独有的风景，一种宏大的景观顿时在眼前浮现。诗人写这一段或许是为了从第一句的孤独中摆脱出来，面对如此开阔壮观的景象，内心或许会开朗些，然而，即使是这样，可能还会有更大的孤独存在于心中。戍边壮士终日与草，与牛马，与百鸟为伴，在荒无人烟的边疆，反衬出人的孤独。

然后是第三句"壮士孤居边戍屋"，前面两句着重交代了周围的环境，营造出孤寂、壮阔、宏大的视觉感受，然而投影到内心的却是边疆的别样孤独。壮士们孤独地住在边戍屋，在这样的环境中，屋子也是一种孤独。这时候，有责任和使命支撑着壮士们奋勇斗争。这种斗争，是意志力与精神的斗争，有其特殊意义。

最后一句"闲宵常伴弄枪声"，"闲宵"二字可以理解为夜半时分，还没有睡意，只能擦拭钢枪，以排遣时间。诗人说"常伴"，说明壮士们的业余生活是比较少的，终日与钢枪为伴，在这种艰苦的环境中磨砺心性和意志。这也体现了戍边壮士是时刻准备着的，没有半点懈怠的神经。从更深层意思来看，壮士们弄枪声，如同一种警示，一种警告，是有一种无形的威慑力存在的。

综观全诗，诗人这首回忆之作，将戍边场景写得历历在目，如同正在眼前发生一样。诗人标题写的是情思，而从诗歌的实际感受来看，暗生孤独之感。边疆的壮士们在荒无人烟的地方驻守着国境线，这是使命和担当的体现。诗人所说的情思或许是对壮士们的一种特殊情感，而作为军人，也不是随意就流露出来的，诗人或许深深埋藏在心中，为壮士们的坚韧不拔而感到骄傲。作为旁观者，我想说，壮士们的许多情绪或许在那种特定的环境下，都互相抵消了，而心中唯一的信念必定是保家卫国，诗歌结尾"弄枪声"就是最好的证明。这首诗是诗人在特殊情结下的书写，展现了军人的使命和担当。

静思录

后　记

　　38 年军旅生涯弹指一挥间，成为我过往人生最绵长的怀念。曾经的青春岁月无数次地走入梦中，记忆的烙印在生命里深植血脉已永难抹去。应亲友及读者的热切期望，也应自己内心的期许，将多年来书写的部分关于军旅、关于边疆、关于生活感悟的诗作、散文、随笔等结集编印，起名《静思录》，以此回顾曾经的绿色年华，感念戍边的激情满怀，致敬无悔的人生旅程。

　　文学来源于生活又高于生活，生活永远是文学生长的沃土。我的《静思录》也正是这片沃土上生长的产物。静心思索观察过往生活的抉择，深感成败即在一刹那。静心思索，谨慎抉择，失误就少；专权蛮横，粗枝大叶，草率行事，失误就多，浪费就大。个人、家庭是这样，单位、集体、国家也是这样。静是内心的安宁，思是思维的飞翔，静与思的旋律，演奏着生活的华章。静思天下事，可以敛浮气而增定力。人只有在静思中，才能真正听到内心的声音，并找到真正想要追求的目标。心宁静，智慧得以凝聚，思想得以升华。全国著名作家、柳青文学奖获得者、海南省作家协会副主席张浩文在总结文学创作经验时曾经指出："文学与现实的关系是复杂的，并非只有一种镜像式的反射。在一个信息爆炸的时代，深思比即兴更考验一个作家的定力。距离产生美，这既是空间的，也是时间的。我喜欢沉淀的生活和滞迟的反应。在我看来，这是对历史也是对自己负责任的写作方式。"我的这些作品也正是在静思的基础上产生的，有些作品虽说文字不多，但也是我几十年观察分析客观事物得出的结果。

文章合为时而著，诗歌合为事而作。言为心声，有感而发，我的这些文稿虽属个人尝试之作，但寄予着自己对军旅生涯的无限怀念，饱含着对强边固防的殷殷深情，也反映着自己世界观、人生观、价值观的进步轨迹。

学习永无止境，成长永远在路上。编印这本小册子的另一个目的，既是更好地总结自己、反省自己、警示自己、教育自己，也是让亲朋好友更多地了解自己。更是让孩子们从这些简短的文字里明白：奋斗必须努力，努力必须吃苦；站立点决定发展方向，思想水平决定发展程度；任何时候都必须务实勤奋、实干担当；勇于去做最好的自己，不随波逐流，不违背良知，以诚信待朋友，以孝善行天下。

辽阔的新疆万里边关，那里的每一座山、每一寸地、每一条河、每一片雪，都在孕育不朽的传奇。在赋闲离疆的日子里，我无时无刻不在怀念着边疆、怀念着边防，怀念着曾经和自己一起战斗以及现在仍在守卫边防的战友们。也正是因为离开了部队、远离了边疆，反而对过去的岁月更加眷恋，使我觉得更有责任去多一些"诉说"和"讲述"。用忠诚守边防，用激情干事业，在茫茫的雪域风雨中，战友们的生命有了另一种呈现，戍边军人的价值得到了新的升华。那样的一道光时时在照亮着我，也激励着我。我当以一名老兵的视角，时刻关注着边疆的一切，并愿用自己的钝拙之笔和切切真情，去书写最美的青春画卷，奏响最强的时代旋律。

铁肩担正义，热血铸忠诚。昨天的壮丽不容忘记，今天的坚守值得歌颂，明天的忠贞更需要召唤，我再怎么激情高歌，也难以诉尽一代代戍边将士的赤胆忠心。诚然，我深知自己才疏学浅，笔触艰涩，虽有万千感慨，却终是纸短情长，但我为边疆而歌、为时代而歌、为英雄而歌的热情不会减少。

活到老、学到老，感恩到老。在这里，我要向多年来在创作方面给予我指导的众多老师、领导和亲友的关爱、提携、帮助表示诚挚的感谢！向长期以来关注我作品的各位读者朋友表示真诚的致谢！

感谢中华诗词学会青年诗词工作委员会副主任、文学博士、南宁师范大学文学院副教授、硕士生导师刘兴超先生在百忙之中为《静思录》出版作序。感谢贺养初先生为《静思录》出版作序。

感谢中国书法家协会原理事、中国刻字研究会副会长、中国剪纸学会常务理事、中国摄影家协会会员、新疆书法家协会常务副主席邱零先生为张正乾《光影拾零》摄影作品集题写书名。感谢著名作家、陕西省作协会员李周琳先生为张正乾《光影拾零》摄影作品集出版作序。

感谢著名作家、海南师范大学教授、中国作家协会会员、海南省作家协会原副主席、柳青文学奖获得者张浩文先生为《静思录》出版题字。

感谢中国书法家协会书法教育委员会委员，教育部中国教育学会书法教育专业委员会理事、学术委员，西安交通大学书法艺术研究所所长、中国书法系教授、博士生导师、博士后合作导师，陕西省书法家协会学术委员会主任杨锁强先生为《静思录》出版题字。

感谢中国诗词协会常务理事、新疆书法家协会理事、西安工程大学和陕西理工大学客座教授梁文源先生为《静思录》出版题写书名。

感谢李登武、刘来运、姚天福、杨辉、张浩文、宋晓峰、李玉田、田俊哲、杨锁强、卫双良、王宗汉、王谦英、李周琳、屈军强、卫银祥、张学德、黄正生、王石生、李志峰、贺养初、伏海翔、邓仰军、蔺玉武、郭周虎、路登峰、薛松林、黄建华、张志峰、刘中山、马永盛、刘德举、吴炳龙、张杰、李文军、昝顺芳等师友给予我的指导、支持和帮助。

感谢出版社的编辑老师们的辛勤付出和精雕细琢。

特别感谢我的岳父种发有，长期以来对我的鼓励支持、指导帮助，给我增添了勇气和信心，在此一并表示诚挚的谢意！

正是因为你们的帮助、信任和鼓励，才使我鼓足了勇气，为我军旅生涯的感悟留下一抹记忆。

2024 年 12 月 26 日